WISHBOOKS GAME FANTASY STORY

 24

비츄 게임 판타지 장편소설

초판 1쇄 찍은 날 | 2020년 5월 20일
초판 1쇄 펴낸 날 | 2020년 5월 27일

지은이 | 비츄
펴낸이 | 예경원

기획 | 위시북스
편집책임 | 이은송
편집 | 위시북스

펴낸곳 | 예원북스
등록번호 | 제396-2012-000132호
등록일자 | 2012. 7. 25
KFN | 제1-536호

주소 | 경기도 고양시 일산동구 호수로 646-24 위너스21II빌딩 206A호 (우)10401
전화 | 031-819-9431 팩스 | 031-817-9432
E-mail | yewonbooks@naver.com

ISBN 979-11-365-2631-1 04810
979-11-6098-880-2 (set)

※ 이 도서의 국립중앙도서관 출판시도서목록(CIP)은 서지정보유통지원시스템 홈페이지(http://seoji.go.kr)와 국가자료공동목록시스템(http://www.nl.go.kr/kolisnet)에서 이용하실 수 있습니다.

만렙 플레이어

24

WISHBOOKS GAME FANTASY STORY

비츄 게임 판타지 장편소설

Wish Books

만렙
플레이어

CONTENTS

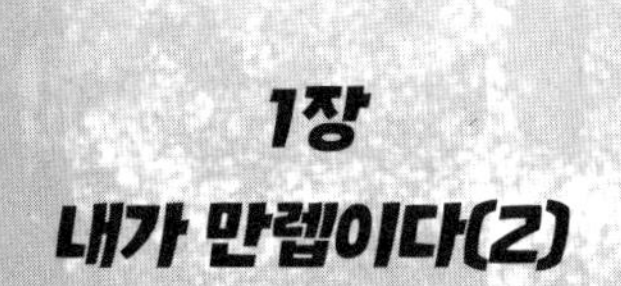

1장
내가 만렙이다(2)

현재 한주혁은 두 장의 칙서를 가지고 있다. 한 장은 '성족의 증표를 찾아 황금사자상에 걸으라'는 내용이다.

<황제의 칙서>

황제의 친필 서명으로 증명된 칙서입니다. 칙서는 황제의 직접 명령과 같습니다. 에르페스에 속한 제국민이라면 누구나 그 명령에 따라야 합니다.

<상세설명>

성족의 증표를 통해 적대악의 가치를 인정받으라. 3개의 성족의 증표가 그대를 인정하리니. 황금사자가 그대를 새로운 세계로 안내하리라.

1. 성족의 증표를 받으십시오.

2. 다른 성족의 증표를 찾으십시오.

3. 또다른 성족의 증표를 찾으십시오.

4. 3개의 성족의 증표를 황금사자상의 목에 거십시오.

그리고 또 다른 하나는 방금 받은 칙서다.

<멸악>

에르페스를 집어삼키고자 하는 악의 화신. 지저분한 욕망을 가진 '스카이 데블의 후예'들이 준동하고 있다고 합니다. 적대악은 '악을 멸하는 자'로서 스카이 데블의 후예들을 찾아내어야 합니다. 그리고 그들을 처단하여야만 합니다.

'황금사자상'과 '멸악'. 현재 한주혁은 이 두 가지 명령을 수행해야 한다. 당연한 말이지만 이 두 명령은 모두 황제가 내린 명령이다.

천세송이 물었다.

"오빠. 그러면 황금사자상에 먼저 갈 거지? 나는 같이 안 가도 돼?"

이번에 오빠가 엄청나게 강해진 것은 안다. 기뻤다. 기쁜데 또 한편으로는 아쉬웠다. 오빠가 강해지면 강해질수록, 자신이 도울 일이 많이 줄어드니까.

"응. 괜찮아. 세송이 너는 푸르나 수성에 집중해 줘."

누가 뭐라 해도, 대규모 집단전의 최고봉 앱솔루트 네크로맨서다. 자신을 제외하면 말이다. 천세송 스스로는 자신이 한주혁에게 큰 도움이 못 된다고 생각하지만, 한주혁은 그렇게 생각하지 않는다. 천세송은 천세송 나름대로 정말 잘해주고 있다.

한주혁이 잠시 눈을 감았다가 떴다.

"그런데."

"왜?"

"황금사자상말이야."

황금사자상의 위치는 칙서에 자동으로 표시된다고 했었다. 그런데 위치가 표시되지 않고 있다.

"왠지 그거."

한 방향을 향해 달려가는 느낌이다.

"내가 본 거 같거든. 힐스테이에서."

"힐스테이에서?"

더 정확히 말하자면 '힐스테이' 내에 생성되었던 '황금으로 가는 문' 속에 '사자 석상'이 존재했었다.

'황금으로 가는 문은 켈트의 진정한 유산이랑 연관이 있었고.'

켈트의 진정한 유산을 클리어하기 위해 필요한 블랙 스톤이 '황금으로 가는 문'에 있었다. 말하자면 켈트의 진정한 유산을 클리어하기 위한 초석이 바로 '황금으로 가는 문'이었다.

'정리하자면…… 황금으로 가는 문은 절대악 전용 퀘스트였어.'

지금 수행하고 있는 황제의 칙명은.

'적대악 전용 퀘스트.'

절대악과 적대악은 반대편에 선 플레이어다. 사실 관계야 어찌 됐든 대외적으로는 그렇다. 절대악 퀘스트를 수행하면서 봤던 사자상이 적대악 퀘스트에서 쓰일 수 있나 싶다.

'절대악 전용 퀘스트와 적대악 전용 퀘스트가 연관이 될 수 있나?'

조금 이상했다.

'이 칙령은 황제가 내렸지.'

성족의 증표 3개를 찾으면 저절로 그 위치가 표시될 거라고 했었다. 칙서를 통해 정보를 전달받았으니, 자신에게 정보를 준 사람은 황제일 것이다.

'황제가 이 퀘스트를 내렸는데, 황제가 준 정보와는 다르게 황금사자상은 표시되지 않아.'

머릿속이 조금 복잡해졌다.

'황제를 통해 칙령을 내리는 자는 따로 있어.'

아마도 대공이라 짐작되는 누군가가 있다. 칙서를 내리는 사람은 황제가 틀림없지만 말이다. 칙령을 내리기는 내린다. 누군가의 명령에 의해서. 그렇게 하기는 하는데 그 칙령에 '무엇인가 은밀한 것을 숨겼다'라고 생각해 봤다.

'황제가…… 이것을 통해 내게 무엇인가를 전달한 건가? 비밀스러운 내용을?'

모르긴 몰라도 현재의 황제는 꼭두각시다. 아마 그럴 거다. 그 황제가 대공의 눈을 피해 적대악에게 무엇인가를 전달하고 싶었던 건 아닐까.

'그렇다면 황제는 또 어떻게 사자 석상이 황금으로 가는 문에 생성될 거라는 걸 알았지?'

여전히 알 수 없었다.

'황금으로 가는 문은…… 모르골 제국의 모조 옥새를 통해서 활성화 시킬 수 있고.'

황금으로 가는 문을 활성화시키기 위해서 필요한 것들은 모르골 제국의 옥새. 강화된 자격의 열쇠. 그리고 대군주의 자격과 대군주의 직인이다.

'더군다나 대군주의 직인은…….'

한주혁이 에르페스 메인 퀘스트 '보복 전쟁의 서막'의 1번 시나리오였던 '굴타왕국 함락'으로 얻은 보상이다. 절대악의 아이템이라는 소리다.

'절대악의 아이템이지.'

절대악의 퀘스트. 절대악 전용의 모든 것들이, 결국 '황금사자상'을 가리키고 있다. '황금으로 가는 문'의 사자 석상이 그 사자상이 맞다는 가정하에.

'모조 옥새.'

그것이 황금으로 가는 문을 연다.

'에르페스의 진짜 옥새는…… 보물 창고에 숨겨져 있었고.'

에르페스의 진짜 옥새는 사용하지 않는 것처럼 보였다. 가능성은 낮지만 한 가지 가설을 생각해 봤다.

'사실 황제가…… 맨브라암의 후손이라면.'

시스템 설정이 어떻게 될지는 모르겠지만, 황제의 핏줄 자체는 '맨브라암'이라고 가정해 봤다. 한주혁 자신과 같은 핏줄이라고 생각한다면.

'모종의 이유로 인해, 에르페스의 정통성이 맨브라암의 핏줄에게 있다고 한다면.'

어쨌든 황제는 '맨브라암'의 후손이어야 한다. 황제는 맨브라암의 후손으로 앉히고, 배후에서 누군가 그 황제를 조종해 왔다면? 모르골 제국도 마찬가지였다면?

"고대 장인이었던 쿠텐은…… 자신의 자존심을 버려가면서 모르골 제국의 옥새를 만들었어. 그를 통해 황금으로 가는 문을 열었고."

한주혁의 머릿속에 그림이 그려졌다. 아무렇게나 흩어져 있던 여러 가지 단서들이 하나로 모아지기 시작했다.

천세송은 한주혁의 말을 전부 이해하지는 못했지만 그냥 그런가 보다 했다. 한주혁을 바라보는 천세송의 두 눈에는 사랑이 가득했다. 무슨 말을 해도 재미있고 무슨 말을 해도 즐거웠다.

"아주 오래전. 쿠텐은 뭔가 잘못되었다는 것을 눈치챘을지도 몰라."

당대에는 어떻게 해결할 수 없다고 판단했을지도 모른다.

"그래서 자기 자존심을 버리고 모조 옥새를 만들었어. 자기 목숨을 걸고서."

굳이 왜 그랬을까.

로랑의 설명에 따르면 이 모조 옥새는 쿠텐이 '두 번째'로 복사한 작품이라고 했다.

'첫 번째 작품은 현재 에르페스 제국에서 사용하는 옥새겠지.'

왜냐하면 진짜 옥새는 자신이 갖고 있으니까. 블랙이 훔쳐온 것을 보관 중이다. 옥새를 통해 이미 확신했었다. 모르골과 에르페스는 한 몸이다.

'한 몸. 그리고 같은 상황.'

에르페스와 모르골의 황제는 모두 꼭두각시다. 대공이 등장하기 아주 오래전부터 역대 황제들은 늘 조종을 당해왔다. 그 사실을 알게 된 고대 장인, 쿠텐이 미래를 계획했다. 쿠텐과 역대 황제들이 이 미래를 그려왔을지도 모른다.

'역대 황제들은…… 조종당하는 와중에 최후의 기회를 엿보고 있었을지도 모르지.'

어쩌면 황제들은 자신과 같은 편일 수도 있다. 지금의 '절대자'는 아주 오래전부터 계획되어 있던 '맨브라암'의 최종 병기일 수도 있겠다는 생각이 들었다.

"아주 오래전부터 계획되어 있던 시나리오를 풀어가는 느낌이네."

한주혁은 천세송의 머리를 쓰다듬었다. 세송의 머리를 쓰다듬고 있으면 세상만사의 걱정이 다 날아가는 것 같다. 보드라운 촉감이 기분 좋고, 향수를 뿌린 것만 같은 샴푸 내음이 좋다.

"일단 힐스테이에 들어갈 거야."

'황금으로 가는 문'의 '사자 석상'이 정말로 '황금사자 석상'이 맞는지 확인하기 위해서.

천세송이 빙그레 웃었다.

"응. 오빠. 화이팅!"

화이팅과 상관이 있는지는 모르겠지만 천세송이 입술을 살짝 내밀었고, 둘은 가볍게 키스했다.

한주혁은 모조 옥새. 대군주의 직인을 사용해서 '황금으로 가는 문'을 열었다. 처음 황금으로 가는 문을 열 때는 장로들이 필요했지만 이제는 아니었다.

-황금으로 가는 문을 지키는 사자 석상이 모습을 드러냅니다.

처음 사자 석상이 모습을 드러냈을 때에는 팬더가 나서서 사자 석상을 공격했었다.
팬더도 혼자서 처리할 수 있었을 정도다. 한주혁은 그다지 긴장하지 않았다.
'조금 다르다.'
한주혁은 당시의 상황을 정확하게 기억하고 있다.
'하늘에는 노을이 졌었고. 황금으로 만들어진 구름들이 사라졌었고. 눈부신 태양 빛을 등지고 사자 석상이 모습을 드러냈었는데.'
그뿐만이 아니다. 원래는 준보스 몬스터 존이 선포된다는 알림이 있어야 했다. 하지만 그 알림이 없었다.
사자 석상이 모습을 드러냈는데, 그때와는 달리 보스 몬스터로 처리되지 않았다는 소리다. 내용이 달라졌다.

-'황제의 칙서'가 확인됩니다.
-'사자 석상'이 '비밀의 황금사자상'으로 변화합니다.

한주혁은 이 황제의 칙서가 단순 아이템이 아니라는 것을 확신할 수 있었다.
'황제.'
무능하기 짝이 없다고 알려진 황제. 현재는 대공의 지배 아래 있다고 알려진 그 황제가 마지막 패를 숨기고 있었던 모양이다.

-비밀의 황금사자상이 모습을 드러냅니다.

황금으로 이루어진 사자가 한주혁 앞에 모습을 드러냈다. 생긴 것은 사자가 분명했다.

사자가 입을 열었다.

"저를 찾아오셨다면, 당신은 절대자가 틀림없군요. 절대자의 힘을 갖춰야만 저를 만나실 수 있을 테니."

사자의 목소리는 제법 중후했다.

"저는 황실을 지키는 최후의 힘. '테이라온'이라고 합니다."

한주혁이 말했다.

"묻겠다. 너는 황제들의 마지막 안배인가?"

"반은 맞고 반은 틀렸습니다."

"무슨 뜻이지?"

"시간이 흐르면 저절로 알게 될 것입니다. 최상위 등급 명령으로 인하여, 저는 더 이상의 정보를 발설할 수 없습니다."

사자의 말이 빨라졌다.

"시간이 많지 않습니다."

잠시 눈을 감았다가 떴다.

"최후의 안배라 칭하시는 것을 보니. 많은 것을 이미 파악하시고 계신 듯합니다. 에르페스 옥새의 힘마저도 느껴집니다. 아아……! 당신은 진정한 절대자이시군요."

사자가 몸을 바르르 떨었다. 감격한 것 같았다.

"성족의 증표를 모아오셨습니까?"

물론이다. 성족의 증표 3개를 모아왔다. 한주혁이 그것을 꺼냈다.

"그것을 제 목에 걸어주십시오. 제 목 어느 위치든 상관없습니다."

한주혁은 '건다'라는 의미를 다르게 해석했다. 성족의 증표는 보석의 형태를 띠고 있다. 목걸이처럼 걸 수 없다.

"쿠낙의 조각술을 사용하면 되나?"

또다른 고대의 인물. 쿠낙이 존재한다. 쿠낙 조각술을 사용해서 '영웅의 장갑'을 만들었던 적이 있다. 이번에도 그와 비슷한 것 같다.

사자가 눈을 감았다.

"……뜻대로 하옵소서. 절대자시여."

사자가 엎드렸다. 사람으로 치면 무릎을 꿇은 것 같았다.

'정답인 것 같네.'

여기까지 오는데 절대악의 힘과 적대악의 힘이 동시에 필요하다.

본래 '가르샤의 창'은 성좌들의 것이어야 했다. 성족의 증표를 목에 '거는 것'은 성좌의 힘. 그러니까 조각술의 힘이 필요한 듯했다.

'정말 이리저리 복잡하게도 꼬아놨군.'

어지간해서는 클리어하지 못할 것들의 연속이다. 어쨌든 자신은 클리어했다.

-쿠낙 조각술을 사용합니다.

황금사자상에 '성족의 증표' 3개가 박혀 들어갔다. 사자의 몸이 발톱 끝에서부터 조금씩 부서지기 시작했다. 사자의 몸 전체가 부서지고, 바람결에 황금 가루가 휘날렸다.

"부디. 모든 것을 이루소서. 부디. 모든 것을 지키소서. 부디. 모든 것을 바로 세우소서."

황금사자상이 사라진 그 자리에, 무엇인가가 생겼다. 한주혁은 칙서의 내용을 떠올렸다.

-황금사자가 그대를 새로운 세계로 안내하리라.

어쩌면 '저것'은 '새로운 세계'와 관련이 있을지도 모르겠다는 생각이 들었다.

2장
모르골 대학살

한주혁은 알림을 떠올리면서 사자 석상이 사라진 자리에 나타난 아이템 두 개를 살펴봤다.

하나는 왼손에, 또 하나는 오른손에 들었다. 그것은 꽤 두꺼운 책 형태의 아이템이었다.

"이건……."

왼손에 들고 있는 아이템과 오른손에 들고 있는 아이템. 눈으로는 무엇이 다른지 구별할 수 없는, 똑같은 아이템이었다.

설명을 활성화시켰다.

<최후의 계시록>

-?

오른손에 들고 있는 아이템도 마찬가지였다.

<최후의 계시록>

-?

둘 다 '?'로 표시되어 있었는데 그 물음표를 활성화시킬 수 있었다.

아이템 설명을 활성화시키듯, '?'를 클릭했다.

<히든 피스 발현을 위해 황금사자상의 유언이 필요합니다.>

이번에도 왼쪽 아이템과 오른쪽 아이템의 설명이 일치했다.

확실히. 이건 뭔가 있다.

'황금사자의 유언?'

한주혁은 기억을 떠올렸다.

쿠낙 조각술을 사용한 이후 황금사자상은 가루가 되어 사라졌고, 그때 분명히 이렇게 말했었다.

"부디. 모든 것을 이루소서. 부디. 모든 것을 지키소서. 부디. 모든 것을 바로 세우소서."

그 말과 함께 한주혁이 들고 있는 책 아이템에서 황금빛이 토해져 나오기 시작했다.

한 차례 강렬한 이펙트가 끝나자 설명창이 조금 업데이트되었다.

<최후의 계시록>

-황제의 계시록.

-?

-가품입니다. 진품과 가품의 구별은 오로지 '황금사자의 유언을 말한 자'만이 가능합니다.

-최후의 계시록 열람과 소지는 '황금사자의 유언을 말한 자'와 에르페스 제국의 황제만이 가능합니다.

<최후의 계시록>

-황제의 계시록.

-?

-진품입니다. 진품과 가품의 구별은 오로지 '황금사자의 유언을 말한 자'만이 가능합니다.

-최후의 계시록 열람과 소지는 '황금사자의 유언을 말한 자'와 에르페스 제국의 황제만이 가능합니다.

둘 다 최후의 계시록이다. 그런데 하나는 가품이고, 또 하나는 진품이다.

'저 물음표 설명을 어떻게 활성화 시키느냐가 문제겠네.'

이름부터가 심상치가 않다. '최후의 계시록'이란다.

지금 이 절대악 시나리오. 더 정확히 말해 '절대자 시나리오'는 어쩌면 올림푸스 세계가 시작되었던 그때부터 철저하게 계획되었을 확률이 높다.

'진품과 가품이 굳이 주어졌다는 건…… 가품을 사용할 일이 있다는 거겠지.'

한주혁은 머릿속으로 그림을 그렸다.

'지금은 절대악이 사망한 시점.'

에르페스 황실은 절대악이 사망했다고 파악하고 있을 거다. 유리엘로부터 그렇게 보고를 받았으니까. 그사이 적대악이 '황금사자상'을 찾아 '보상'을 얻어서 나왔다.

'나는 황제의 칙명을 받았으니까.'

이것을 빌미로 황궁으로 직행하는 루트를 열 수 있을 거다. 황제가 칙명을 내렸고, 그것을 훌륭히 완수했으니 황제 알현 요청을 할 수 있겠지.

'그게 아니더라도.'

황궁으로 향하는 길을 뚫을 수 있을 것 같다. 길만 뚫으면 된다. 길만 뚫으면 지지 않을 자신 있다. 지금 같아서는 데미안 같은 강자가 한 명쯤 있다 하더라도 이겨낼 자신이 있다.

"알려주려면 제대로 알려주든지."

살살 약 올리는 것도 아니고. 애매모호하게 '?'짜리 아이템 진품과 가품 하나를 남겨줬다.

'어쨌든…….'

황제의 명령도 착실히 이행했다. 이제 보고를 올릴 차례다.

한주혁은 적대악으로 활동하고 있는 중이다. 갈렌티아에게 연락을 취했고, 그를 통해 두반 백작과 연락이 닿았다.

두반 백작은 진지하게 감탄했다.

"황제 폐하께서 내린 칙명을 이토록 훌륭하게 완수할 줄이야. 정말 대단하군."

"과찬이십니다."

"보고를 올리도록 하겠네."

"그런데 백작님. 제가 황금사자상에서 매우 중요한 보상을 얻었습니다만……. 황제 폐하께 직접 전해 드려야 할 무엇인가가 있습니다."

"직접 말인가?"

두반 백작이 고개를 갸웃했다. 적대악이 왜 황제 폐하를 직접 뵙고 싶어 하는 거지.

"두반 백작님을 믿지 못하는 것은 아닙니다만……. 황제 폐하가 거론되어 있는 아이템을 얻었습니다. 이 아이템의 소지와 열람은 오로지 저와 황제 폐하만이 가능합니다. 그러나 이것이 무엇인지는 모르겠습니다."

"그 아이템이 무엇인지 알 수 있나?"

"……저도 정확하게는 파악하기가 힘듭니다."

거짓말은 아니었다. '?'로 표시된 내용이 아마 가장 중요한 내용일 테니까. 한주혁이 한 가지 아이템을 꺼내 들었다.

바로 '5창급 레미티온'이었다. 두반 백작의 분신과도 같은 아이템. 두반 백작 본인과 다름없음을 증명하는 아이템인 5창급 아이템을 두반 백작에게 내밀었다.

두반 백작은 5창급 레미티온을 물끄러미 쳐다봤다.

"흠."

두반 백작은 턱을 쓸어 만지면서 한주혁을 쳐다보다가 이내 크하하하- 하고 크게 웃음을 터뜨렸다.

"내 앞에서 레미티온을 사용할 줄이야."

한주혁이 어깨를 으쓱했다.

"두반 백작님께서 제게 먼저 이 정도의 신뢰를 보여주시지 않았습니까."

한주혁의 행동에는 이러한 의미가 담겨 있었다. 네가 날 그렇게 믿는다고 하지 않았냐. 황제한테 가는 길 좀 뚫어라. 두반 백작은 그 의미를 단번에 파악했고.

"그렇지. 내가 5창급 레미티온을 줬지."

두반 백작은 진심으로 기뻐하는 것 같았다. 적대악에게 정말 큰 흥미가 있는 것 같았다.

"그렇다고는 해도, 내 앞에서 이것을 내밀 줄이야. 레미티온은 보통 다른 곳에서 내 위세를 부리고 싶을 때 사용하는 법인데."

"위세를 부릴 필요가 딱히 없어서요."

"그렇지. 그렇지. 그 대단하다는 절대악을 상대하는 적대악 아닌가."

두반 백작은 한 차례 기분 좋게 웃은 뒤. 고개를 끄덕였다.

"내 힘써보겠네. 다만 플레이어와 NPC는 그 생활 반경과 양식이 다르니. 많이 조심해 주면 좋겠네. 그대의 실수는 곧 나의 실수가 될 테니."

한주혁이 두반 백작의 눈을 똑바로 쳐다보면서 대답했다.

"물론입니다. 두반 백작님. 저를 신뢰해 주셨고, 황제 폐하께 가는 길을 열어주신 두반 백작님께 폐가 되지 않도록 하겠습니다."

폐는 안 될 거고요. 그냥. 반란을 좀 일으킬게요. 체스가 됐든 장기가 됐든 왕 잡으면 끝이니까요.

한주혁은 그 말을 삼켰고, 은은한 미소를 띠었다. 두반 백작이 보기에 더없이 믿음직스러운 태도로 말이다.

의외로 답은 빨리 왔다. 불과 5시간 만에 연락이 왔다. 바로 내일 황제가 적대악을 만나기로 했단다. 두반 백작의 얼굴이 조금 상기됐다. 그가 약간 흥분한 채 말했다.

"나와 함께. 황성으로 들라는 지시가 있었네."

두반 백작은 한주혁의 손을 덥석 잡았다.

"정말 역사적인 순간이로군. 황제 폐하를 최초로 알현하는 첫 번째 플레이어가 되겠어."

그때 갈렌티아가 두반 백작 옆에 섰다. 한주혁은 갈렌티아가 무엇을 말하는지 듣지 못했다. 아마도 귓말을 한 모양이다.

'귓말을 하려면 그냥 했을 텐데.'

저게 NPC들 사이의 예의인가? 상급자에게는 함부로 귓말을 보내면 안 되나? 아니면 내게 주는 어떤 힌트 같은 건가?

한주혁은 속으로나마 조금 이상하다고 생각했다.

'모르겠군.'

뭔가 둘이서 얘기를 한 것은 틀림없는데.

"흠흠. 내가 말실수를 했군. 첫 번째는 아니고 두 번째네."

"두 번째…… 입니까?"

"그래도. 공식적으로는 첫 번째이니. 첫 번째라고 하지."

두반 백작이 굳이 한 마디를 덧붙였다.

"5창급 레미티온을 소지하고 있는 적대악이기 때문에 이 정도 정보까지 알려준 것이네. 최상위급 귀족들도 잘 모르는 사실이네."

한주혁이 살짝 떠봤다.

"백작님. 5창급 레미티온을 가진 자로서 마지막으로 하나만 질문해도 되겠습니까?"

"물어보게. 내가 대답할 수 있는 것이라면 얼마든지 대답해 줄 테니."

한주혁이 잠시 눈을 감았다가 떴다.

"혹시 비공식적으로 황제 폐하를 최초로 알현한 플레이어의 이름이 태르민이었습니까?"

한주혁이 두반 백작과 만남을 가지던 그 시점. 중국에는 비상사태가 선포됐다.

"로랑 님!"

"큰일입니다!"

중국 최대 연합인 흑흑 연합은 물론이거니와 중국 정부에서도 난리가 났다.

"일단 매스컴 통제해."

매스컴을 통제한다고 해서, 감춰질 것은 아니었지만 일단은 통제하기로 했다.

흑흑 연합의 연합장 로랑은 차라리 울고 싶었다.

'왜 하필이면 우리 중국이냐.'

문 타이거의 등장부터 왜 이 모양 이 꼴인지 모르겠다.

지금까지 중국은 막대한 인구를 바탕으로 엄청난 경제 성장을 해왔었다. 물론 그 경제 성장의 원동력에는 '올림푸스 문물'이 존재했다.

"10만 명이 동시에 증발했다고?"

10만 명이 올림푸스 세계에서 사라졌다. 끔찍한 것은, 그 10만 명이 현실에서도 시체로 발견되고 있다는 거다. 이것은 매스컴을 통제한다고 해서 어떻게 될 일이 아니었다. 어지간한 자연재해보다 훨씬 더 큰 피해가 났다.

로랑이 이를 바드득 갈았다.

"현실에서의 죽음이라니."

올림푸스에서 살인이 일어난 것 같다. 플레이어들에게는 이런 능력이 없다. 이건 분명 NPC들의 짓이다.

'모르골 제국 놈들……!'

플레이어에 대한 반감을 대놓고 드러내기 시작하더니, 이제는 선을 넘은 것 같다.

"우리 측 피해는?"

"저희 연합도 17명 이상 사망했습니다."

흑흑 연합의 연합원들도 예외는 없었다. 증발한 10만 명에는 17명의 연합원이 포함되어 있었다.

"신체에 존재하는 모든 구멍에서 피가 흐른 흔적이 발견되었습니다."

로랑의 미간에 주름이 더욱 깊어졌다.

'대책을 세워야 해.'

모르골 제국이 했다는 확실한 증거는 없다. 아직 대중들도 모른다. 하지만 이 사실은 곧 세계에 알려질 것이다.

'그리고. 왜.'

어째서 그들이 갑자기 플레이어들을 무려 10만 명이나 학살

했단 말인가. 납치도 아니고 살인이라니.

'이유를 모르겠다.'

플레이어들을 죽인다고 해서 그들에게 그 어떤 이득이 있는지 모르겠다.

'가장 끔찍한 건…….'

이게 시작이라면? 또다시 이 학살이 반복된다면? 10만 명이 아니라. 20만 명이 되고. 또 30만 명이 되고. 또 40만 명이 된다면? 혹은 그 이상이 된다면?

'씨발!'

그렇지만 그들에게는 모르골 제국에 항거할 힘이 없다. 최상급 NPC들 몇몇만 나서도 플레이어들은 바람에 쓸려가는 낙엽 꼴이 되고 말 거다.

'절대악에게 알려야 해.'

한주혁만큼 확신하고 있는 건 아니지만, 로랑도 모르골 제국과 에르페스 제국이 같은 몸일 거라 생각하고 있다. 모르골 제국에서 이런 변화가 있었다면, 에르페스 제국에도 비슷한 변화가 일어날 거다. 아마도 근 시일 내에.

'그러고 보니…… 절대악도 사망했다는 것 같은데.'

아무래도 뭔가 심상치가 않다. 여태껏 없었던 커다란 변화가 일어나고 있는 것 같다.

'절대악조차 사망했을 정도면…….'

도대체 제국의 힘이 어느 정도란 말인가.

'그래도 절대악에게 연락해야 한다.'

절대악과 함께 대책을 연구해야 했다. 어쩌면 인류는 지금, '잃어버린 역사' 시대 이후로, 가장 큰 위기를 맞이했을지도 모른다. 모르골 제국을 시작으로 말이다.

그리고 강재명에게 연락한 로랑은 충격을 받아야만 했다.

-예? 뭐라고요?

강재명에게서 황당한 대답이 돌아왔다. 에르페스 최상급 기사 유리엘에게 사망한 절대악이, 올림푸스 내에서 로랑에게 귓말을 보내겠다나 뭐라나.

'절대악은 분명 사망했다고…….'

분명히 유리엘에게 죽었다고, 알음알음 소문이 퍼졌었는데.

그런데 그다음 벌어진 일은 더욱 황당했다.

로랑은 절대악이 죽었다고 생각했다. 그리고 그것이 그렇게 이상하다고 생각하지 않았다. 타 제국들과 비교해서 에르페스와 모르골은 NPC들의 영향력이 강한 축에 속했고, 플레이어가 NPC에게 지는 것은 그렇게 이상한 일이 아니었으니까. 절대악이 아무리 강해도, 유리엘쯤 되는 최상급 기사 NPC에게 지는 것이 결코 창피하거나 이상한 일이 아니다.

-저를 찾으셨다고요.

실제로 귓말이 왔다. 귓말이 온 것만으로도 놀랍기는 했는데 그건 아무것도 아니었다.

-잠시 만날 수 있을까요?

-예. 물론입니다. 시간과 장소는 절대악께서 편하신…….

그럴 필요가 없었다. 자신의 회의실에 절대악이 모습을 드러냈기 때문이다.

"으, 으헉!"

의자에 앉아 있던 로랑은 깜짝 놀라 뒤로 넘어질 뻔했다.

"저, 절대악 아니십니까?"

옆에서 절대악을 보좌하는 '3대 미녀' 중 한 명인 워프 마스터가 서 있었다.

"안녕하세요. 불쑥 찾아뵈어서 죄송합니다. 시간이 그만큼 없는 것 같아서요."

"아, 아닙니다!"

로랑은 조금 혼란스러웠다.

'유리엘에게 죽었다고…….'

에르페스도 분명 그렇게 알고 있는데. 살아 있는 것도 이상한데, 갑자기 여기 모습을 드러냈다.

'파이라 대륙까지 워프를 했다는 건 알고 있었는데.'

그런데 여기까지, 그것도 귓말을 하자마자 날아올 줄은 몰랐다. 이런 워프 능력은 제국의 대마법사들도 못할 것 같다.

'여기까지 오는 데 1초도 안 걸린 것 같은데.'

어떻게 이럴 수 있나 싶다.

'그래. 절대악이니까.'

그냥 그렇게 넘어가기로 했다. 그렇게 생각하지 않으면, 절대악의 모든 행동은 상식선에서 이해할 수 없으니까.

문득. 로랑은 절대악의 등장을 납득할 수 있었다.

"절대악께서는 죽음 페널티를 갖고 계시지 않는 것 같군요."

대륙에 따라 조금씩 다르지만, 보통의 경우 24시간 혹은 3일 동안 접속이 제한된다. 절대악에게는 그러한 법칙이 적용되지 않는 것 같다.

"안 죽었으니까요."

"……."

안 죽었다고? 유리엘이랑 일대일로 싸웠다던데.

'유리엘과 블랙 스톤으로 거래를 했다고 들었는데. 혹시 이번에도 그런 건가?'

유리엘 입장에서도 블랙 스톤을 얻을 수 있으면 좋으니까. NPC들에게도 보물인 블랙 스톤이니까 블랙 스톤으로 거래를 하지 않았나 싶다. 에르페스 제국도 눈감아준 것인가?

'그냥 대놓고 물어볼까?'

그런데 또 그냥 마구 묻기에는 상대가 절대악이다. 절대악이 어떤 부분에서 기분 나빠할지 모르니, 모든 것을 조심해야 한다. 절대악은 이 세계의 절대자 아닌가. 괜히 절대악이 싫어하는 부분을 들쑤셨다가 욕이라도 먹으면 멸망하는 건 시간 문제다. 블랙샤크가 그러했듯.

한주혁이 피식 웃었다. 로랑의 생각을 훤히 읽을 수 있을 것 같다. 아주 오래전. 로랑을 처음 봤을 때와는 완전히 달랐다.

'처음 봤을 때에는 제법 절대자의 기도가 풍겼었는데…….'

어디까지나 '비교적' 그렇다는 말이다. 어쨌든 로랑은 10억이 넘는 중국 인구를 대표하는 중국의 랭커고, 중국 최대 연합인 흑흑 연합을 이끄는 수장이다. 그에 걸맞은 기세가 있었다…… 라고 전에는 잠깐이나마 생각했다. 하지만 지금은 뭐랄까.

'좀 귀여운 거 같기도 하고.'

유리엘 같은 강자도 한 수, 아니, 열 수는 아래로 내려다봤다. 하물며 로랑 같은 경우는 말할 것도 없다. 로랑의 생각이 훤히 읽혔다.

"저는 유리엘에게 죽지 않았습니다. 유리엘은 저에게 패배했고, 언약에 따라 제 명령을 듣는 수족이 되었습니다."

로랑의 눈이 점점 커졌다.

'유, 유리엘을?'

유리엘은 에르페스제국을 넘어 모르골 제국까지 이름이 널리 퍼진 기사다.

'내가 알고 있는 애꾸눈 기사 유리엘이 맞나?'

그 유리엘을 패배시켰다고? 단순 패배를 넘어서서 명령을 듣는 수족으로 만들었다고?

"유리엘은 엄청난 자존심을 가진 기사라고 들었습니다. 그래서 누구 밑에 들어가지 않고 자유 기사로서 생활한다고 들었는데……."

로랑은 절대악의 눈치를 살폈다. 절대악이 거짓말을 할 이유도, 필요도 없다.

"역시."

로랑이 의식적으로 밝게 웃었다.

"그런 기사를 굴복시킬 정도의 능력을 갖고 계실 줄, 저는 이미 알고 있었습니다. 놀랍지도 않을 정도군요. 역시 대단하십니다. 저는 감히 상상도 할 수 없는 플레이를 하고 계시는군요."

그런 것 치고는 너무 많이 놀라긴 했지만, 어쨌든 로랑의 입에서 술술 아부가 튀어나왔다.

한주혁은 어깨를 으쓱했다. 로랑의 아부에 이렇다 저렇다 대답을 하지는 않았다. 어차피 이쪽이 절대적인 갑이고, 저쪽이 절대적인 을이다. 그 사실을 이미 알고 있는 한주혁이다. 아부는 아부겠거니, 그냥 흘려 들었다. 루펜달 덕에 오그라드는 아부에 면역이 되기도 했고.

한주혁이 말했다.

"지금 중요한 건 10만 명 학살 사건이죠."

"예. 벌써부터 인터넷을 통해 이야기가 퍼지고 있습니다. 현재는 도시 괴담 정도로 퍼지고 있는 모양이지만……."

"걷잡을 수 없겠죠."

무려 10만 명이 죽었다. 올림푸스에서 실종당했고, 이후 현실의 몸이 사망했다.

한주혁이 물었다.

"모든 구멍에서 피를 흘리며 죽었습니까?"

"예. 그렇습니다."

로랑이 사진들을 보여주었다. 한주혁은 눈살을 찌푸렸다.

'한국과 같다.'

모르골. 에르페스. 역시 한 몸이 맞는 것 같다. 그 한 몸인 제국이 무엇인가를 꾸미고 있다. 아주 오래전부터 계획해 왔던 일을.

'10만 명이나 갑자기 죽일 정도면…… 굉장히 중요한 프로젝트를 수행했을 거야.'

10만 명이 죽었다. 이 정도면, 아무리 중국이 인구가 많아도 티가 난다. 플레이어들이 알아차릴 수밖에 없다. 모르골 제국이 그 사실을 모를까? 그건 아니다. 그걸 알고 있음에도 불구하고 강행한 것은, 강행할 만한 어떤 중요한 가치가 있기 때문이겠지.

"이것으로 끝일지 계속해서 학살이 이어질지. 중국도 고민이 많겠군요."

"그렇습니다."

이번 한 번의 단발성 사건이라면, 어떻게든 유야무야 덮고 넘어갈 수 있다. 다행히 중국은 정부와 흑흑 연합의 입김이 굉장히 세고, 인구가 굉장히 많아 하루에도 별별 소문이 다 생겨나니까. 억지로 틀어막고 조작하면, 한 번 정도는 숨길 수 있다.

"절대악께서는 어떻게 보십니까?"

"한 번으로는 절대 안 끝나죠. 황제 위의 누군가를 일단 대공이라고 칭한다면. 대공은 이 프로젝트를 아주 오래전부터 준비해 왔으니까."

이미 한국에서 똑같은 짓을 벌였었다. 그때는 이 정도 규모가 아니었다.

"한국에서도 이랬고. 중국에서는 규모가 훨씬 커졌죠. 아마 다음번은……."

말은 하지 않았지만 기정사실이었다. 한주혁은 그렇게 생각했다.

"센티니아와 루니아 대륙에는 전체 퀘스트가 떨어졌습니다. 스카이 데블의 후예를 찾으라는 퀘스트."

"아. 저도 알고 있습니다. 대규모 시나리오 퀘스트라고……."

한주혁이 씨익 웃었다.

"그 스카이 데블의 후예가 접니다."

로랑에게 진실을 털어놓았다. 이제 더 이상 비밀로 하는 것은 그다지 의미가 없다고 판단했다. 얼마 지나지 않아 밝혀질 사실이다. 이 사실을 밝혀놓고, 중국과 함께 NPC들과의 전쟁을 풀어나가려고 했다. '절대자'가 된 지금. 이제는 알려져도 큰 문제가 없다고 생각했으니까.

그런데 로랑은 저 말에 벅차오름을 느꼈다.

'이럴 수가……!'

스카이 데블의 후예를 찾아냈기 때문에 벅차오른 게 아니었다. 가슴이 쿵쿵대며 손바닥에서는 땀이 새어 나왔다.

'이건……!'

이건 자신에 대한 신뢰를 표시해 주는 것이다. 스카이 데블의 후예를 찾기 위해서, 에르페스 플레이어들(한국 플레이어들) 전체가 눈에 불을 켜고 있는 상황. 그러한 상황에서 이 사실을 자신에게 털어놓는다?

'나를 그만큼 믿어준다는 거다!'

이것은 마치 파이라 대륙에서 '내 친구 건들면 죽는다'를 전 세계로 공표했던 절대악이 자신에게도 '너도 내 친구'라고 말해주는 것 아니겠는가. 로랑은 그렇게 느꼈다.

"감사합니다. 저를 그만큼 믿어주시는군요. 그 신뢰에 반드시 보답하겠습니다."

로랑이 한주혁의 손을 덥석 잡았다. 두반 백작이 한주혁에게 그렇게 하듯, 로랑도 한주혁의 손을 잡은 채 감격에 겨워했다.

'정말…….'

말로 표현하기는 조금 어렵지만 벅차고 기뻤다. 절대악에게 이만큼의 신뢰를 얻어냈다는 사실 자체가, 인정을 받은 것만 같은 그런 기분이었다.

물론, 한주혁은 별생각 없었다. 로랑이 비밀을 안 지킬 사람도 아니고, 설사 밝혀진다 해도 큰 문제가 없으니까. 그래서 말한 것뿐이다.

로랑의 이 깊은 감동을, 한주혁은 제대로 이해하지 못했다.

그냥 그런가 보다 했다.

'뭐…… 잘됐네.'

결과적으로는 잘 됐다. 모르골과 에르페스. 결국 이 둘과 싸우려면 플레이어들도 한마음이 되어야 하는 것 아니겠는가.

한주혁이 말했다.

"에르페스는 먼저 플레이어들끼리도 내분이 일어나도록 전체 퀘스트를 내렸습니다."

'스카이 데블의 후예'는 절대악이다. 그 사실이 알려지면, 플레이어들은 또다시 자의든 타의든 절대악에 대적하게 될 거다.

"제 편을 드는 사람도 있을 것이고. 퀘스트를 클리어하기 위해 저를 대적하는 사람도 있을 겁니다. NPC들에게는 스텝 업 퀘스트라는 무기가 있으니까요."

또 플레이어들은 죽어도 어차피 되살아나니까. 그리고 이것은 올림푸스라는 게임 속이니까. 절대악과 싸워도 된다.

"가능하다면 제국과 전쟁을 선포하세요."

"모르골…… 제국과 말입니까?"

상상해 본 적도 없다. 어떻게 NPC의 제국과 전쟁을 한단 말인가. 전력 차이가 말도 안 되게 많이 난다.

"모든 NPC들에게 델리트 권능이 있는 건 아니니까요."

이대로 두면 피해는 커진다. 모르골과 에르페스가 노리는 것이 정확히 무엇인지는 모르지만, 무려 10만 명이 학살당했다. NPC가 인간으로 생체 실험을 했을 확률이 높다.

로랑이 눈을 감았다.

'희생은 감수할 수밖에 없는 부분인가.'

제국과의 전쟁이라니.

'제국과의 전쟁…….'

머릿속이 복잡해졌다. 절대악이 아무리 강력해도, 과연 제국을 상대할 수 있을 것인가.

"잠시 생각할 시간이 필요합니다."

상의를 거쳐야 한다. 혼자서 결정할 수 있는 문제가 아니었다. 간부들과도 얘기를 해야 하고, 중국 정부와도 입장을 조율해야 했다.

제국과의 전쟁에서 패배하면? 그러면 중국은 끝이다. 현시대의 모든 문물이 올림푸스에서 나온다고 해도 과언이 아니다. 올림푸스가 곧 직장이며 생계라는 얘기다. 이러한 곳에서 절대자들과 싸운다? 당연히 고민할 수밖에 없는 문제다.

한주혁도 그 사실을 잘 알고 있다. 고개를 끄덕였다.

"천천히 생각해 보세요. 그렇지만 그사이 또 수많은 사람들이 희생당할 수 있다는 것도 알아야 합니다."

아이템의 성지라 불리는 두 대륙은 미국과 러시아다. 러시아의 가장 큰 연합, 검객 연합의 호크도 비보를 접했다.

'300명이 사망했다고?'

300명이 죽었다. 올림푸스를 플레이하다가 갑자기 죽었다. 모든 구멍에서 피를 쏟고 죽었다고 했다.

"이런 썅놈 새끼들."

아무래도 생체 실험을 당한 것 같다. 강재명이 '올림푸스 내 살인 사건'이 있을 경우 바로 연락을 달라고 했었다. 강재명에게 연락을 취했고, 그 얘기는 곧바로 절대악에게도 올라갔다. 한주혁이 이번에는 러시아 대륙으로 이동했다. 순식간에 모습을 드러낸 절대악이었지만 호크는 로랑만큼 놀라지는 않았다.

"한국에서도 이와 비슷한 사건이 있었다 들었습니다."

생각해 보면 아주 오래전, 몬스터 게이트 사건 때도 큰 희생이 있었다. 그 이후 생체 실험 사건 때도 마찬가지. 중국도 그렇고. 이번에는 러시아에서 그런 사건이 발생했다. 10만 명에 비하면 아주 작은 수치라고 할 수 있지만, 생명의 경중에 숫자가 중요한 건 아니다.

한주혁이 중국에서와 똑같이 얘기했다.

"가능하면 제국과 전쟁을 선포하세요."

플레이어 대 NPC. NPC 대 플레이어. 그런 전쟁은 누구도 생각해 본 적이 없다. 절대악이기에. 그래서 할 수 있는 말이다. 호크도 그렇게 생각했다.

그 자리에서 호크가 대답했다.

"선전 포고 준비는 이미 끝냈습니다."

든든한 우방. 절대악이 'OK' 사인을 내려주길 기다리고 있었다. 절대악이 허락하는 순간, 바로 선전 포고다.

"절대악의 허락을 기다리고 있었습니다."

호크가 이를 갈았다.

"지든 이기든. 끝까지 갑니다. 허락해 주셔서 감사합니다. NPC들의 씨를 말려 버리겠습니다."

사실상 한주혁에게 허락의 권한은 없다. 그렇지만 말을 듣는 한주혁도, 말을 하는 호크도 그것을 이상하게 생각하지 않았다.

한주혁이 대답했다.

"저도 힘닿는 데까지 돕겠습니다."

그 소식이 전 세계에 알려졌다. 올림푸스 내에서, 러시아 국민 300명이 사망하는 일이 발생했고 그에 따라 러시아 플레이어들 전원이 들고 일어섰다. 죽지 않는 불멸자. 러시아 플레이어들이 제국과 전면전을 선포하고 싸우기 시작했다.

-절대악. 러시아에 적극 협조.

우방을 버리지 않는 절대악. 친구를 외면하지 않는 영웅. 한주혁의 의도와는 상관없지만, 하여튼 그런 이미지의 절대악이 러시아를 돕는다는 소식이 알려졌다.

-절대악. 앱솔루트 네크로맨서 파견.

러시아에는 대규모 집단전의 최강자라 불리는 '앱솔루트 네크로맨서'가 파견되었다.

앱솔루트 네크로맨서는 과연 대규모 집단전의 황제다운 면모를 선보이며, 전쟁을 주도했다.

러시아는 환호했다. 절대악은 과연 친구를 버리지 않는 성웅이었다. 파이라 대륙을 도왔듯, 자신들도 도와주는 것 아니겠는가.

또한 절대악과 관련된 소식도 퍼졌다.

-절대악. 유리엘을 상대로 승리.

-최상급 기사 유리엘. 에르페스를 배신하다?

절대악이 사실은 패배당한 것이 아니며 유리엘을 굴복시켜서 수족으로 부리고 있다는 소식도 전해졌다.

-절대악은 에르페스마저 속였다.

덕분에 절대악은 사망하지 않은 채, 올림푸스 내에서 적극적으로 활동하고 있다는 소식도 알려졌다.

그 소식은 러시아 플레이어들의 사기를 북돋아 주었다.

자존심 강한 에르페스의 최상급 기사가 부하가 되었다? 정말 압도적으로 찍어 눌러야 가능한 일이다. 그 정도로 최상급 NPC를 제압한 절대악이 자신을 돕는 것 아닌가.

10만 명이 사망한 중국이 아닌, 300명이 사망한 러시아에서 불꽃이 튀기 시작했다. 얼마 지나지 않아 또 다른 소식들이 전 세계를 강타했다.

3장
황궁 문의 수문장

러시아에서 이미 발표했다. 러시아발 '플레이어 살인 사건'은 전 세계에 충격을 안겨주었다. 러시아는 중국보다 발 빠르게 움직였고 이것은 곧 중국에게 위기의식을 느끼게 만들었다.

로랑이 강재명에게 연락했다.

-저희도 제국과의 전면전을 선포하겠습니다.

로랑은 러시아의 행동력에 감탄하면서도 조금은 걱정할 수밖에 없었다.

'호크 놈. 뭐가 이렇게 빨라?'

러시아에도 같은 일이 일어났고, 절대악은 러시아와 중국에게 같은 것을 제안했을 확률이 높다. 중국은 그것을 받아들이지 않고 밍기적거렸고 러시아는 그것을 즉시 받아들였다. 행동력에서 엄청난 차이가 났다.

조심스레 물었다.

-저…… 비서실장님.

-예. 말씀하십시오.

-혹시 절대악께서 기분 나쁘신 것은 아닙니까?

-제가 보기에 그런 기색은 찾아볼 수 없었습니다. 잘 모르겠습니다.

로랑은 괜스레 마음이 복잡해졌다.

'어차피 이렇게 될 것이었으면…… 먼저 움직일걸.'

러시아 쪽에는 무려 '앱솔루트 네크로맨서'가 파견되었다. 사실상 절대악 파티의 이인자라 할 수 있으며 절대악과 매우 깊은 관계의 연인. 그러한 사람이 러시아에 파견되었다는 것은 절대악이 러시아를 그만큼 중요하게 생각해 준다는 것 아니겠는가.

'국제 관계에서……. 러시아의 입지가 높아지겠어.'

절대악이 앱솔루트 네크로맨서를 파견해 주었다는 것은, 단순 병력 지원 이상의 의미가 있으니까.

아니나 다를까.

"검객 연합의 주가가 대폭 상승했습니다."

하룻밤 사이에 120퍼센트가 상승했다. 뿐만 아니라 러시아를 대표하는 수많은 연합들의 주가가 순식간에 높아지기 시작했으며, 러시아 통화 가치가 상승했다. 절대악의 신임을 받고 있는 나라니까.

"러시아산 아이템에 프리미엄이 붙기 시작했습니다. 어제 대비 10퍼센트 정도 가격이 상승했습니다."

절대악이 러시아를 집중적으로 도와주고 있다는 사실(실제로는 천세송을 파견했을 뿐이다)은 러시아에게 막대한 이득을 가져다주었다.

"또한 미국이…… 러시아에 부과하는 관세를 낮추겠다고 전격 발표했습니다."

미국과 러시아는 최근 약간의 마찰이 있었다. 미국이 러시아산 아이템에 높은 세율을 매기겠다고 주장하고 나선 것인데, 그 때문에 미국과 러시아의 무역 전쟁이 일어날 거라는 얘기도 있을 정도였다.

"절대악 때문이겠지?"

"그럴 가능성이 매우 높습니다. 절대악은 친구를 중요하게 생각하니까요."

사실상 절대악이 친구로 생각하는 사람은 란돌이 유일하지만, 어쨌든 제삼자들은 다르게 해석했다. 러시아는 절대악의 친구다. 미국도 절대악의 친구다. 친구끼리는 사이좋게 지내야 한다. 세계의 지도자들은 그렇게 해석했다.

'그래서…… 일부러 앱솔루트 네크로맨서를 파견했구나.'

이건 보여주기식이다. 친구끼리 친하게 지내라고. 괜한 갈등 만들지 말고, 힘을 합치라고. 지금은 플레이어들끼리 힘을 합칠 때라고. 그것을 은연중에 말해주고 있는 것이었다.

그때 또 다른 보고가 올라왔다.

"수많은 사람들이 실종되었습니다."

"또?"

수많은 사람들이 현실에서 사라졌다면 자신에게 보고가 올라오지 않는다. 그건 경찰의 일이다. 그런데 자신에게 보고가 올라왔다는 건.

"예. 올림푸스 내에서의 실종입니다. 아직 정확히 파악하기는 어렵습니다만……."

숫자가 최소 만 단위. 아직은 모른다.

로랑이 입술을 깨물었다.

"NPC 이 개자식들이……."

저번과 같다. 저번에도 실종이 되었었다. 실종이 된 지 며칠 후. 10만 명 대학살이라는 결과가 나타났다.

"실종이라 하면, 저번과 마찬가지로 캡슐이 열리지 않는다는 뜻이겠지?"

"예. 그렇습니다."

캡슐이 열리지 않는다.

"캡슐이 열린 경우도 있기는 합니다만. 뇌사 상태였습니다."

며칠 뒤. 올림푸스로 접속하는 캡슐이 열리면 그 안에, 피를 쏟아낸 시체들이 있을 것이다. 그것도 무려 10만 구가.

'이번에도…… 앉아서 당할 수는 없어.'

저번에도 10만 명이 죽었다. 이번에도 같은 피해가 발생할 것 같다. 로랑이 말했다.

"절대악의 허락이 떨어졌다."

다른 사람의 허락은 그다지 필요하지 않다. 절대악의 허락만 있으면 된다. 로랑도, 보고를 올리는 실장도 그 사실을 이상하게 생각하지 않았다.

"우리도 전면전을 선포한다."

단 한 번도 생각해 본 적이 없는, 상상조차 하지 못했던 NPC와의 전쟁을 시작하기로 했다. 그것은 곧 또 하나의 '절대악 이펙트'라 명명되었다.

-절대악의 지원에 힘입어, 흑흑 연합. 제국과의 전면전 선포.

-NPC들의 횡포. 중국인들 분노하다.

14억 중국인들도 분노했다. 절대악이 없었다면, 이 분노의 불꽃에 점화가 되지 않았을지도 모른다. 절대악의 지원에 힘입어 흑흑 연합의 로랑이 움직였고 그에 따라 수많은 플레이어들이 들고 일어섰다.

또한 전 세계가 충격에 빠졌다.

-20만 인구의 사망.

-NPC들의 선전 포고?

러시아의 300이란 숫자는 애교에 가까웠다. 중국에서만 무려 20만이 죽었다. 올림푸스 내에서 사람을 죽이다니. NPC들이 생체 실험을 감행하다니. 전쟁의 흐름은 건잡을 수 없이 커지기 시작했다.

한편, 한주혁은 두반 백작과 함께 워프 포탈을 탔다.

'음.'

눈으로는 아무것도 보이지 않았다. 황궁으로 이어지는 워프 포탈. 플레이어로는 두 번째로 타는 워프 포탈이다.

'안대로 눈을 가린 것 같은 느낌이네.'

어디로 이동하는지, 감을 잡을 수가 없다. 위로 움직이는 것 같기도 했고 아래로 움직이는 것 같기도 했다. 왼쪽으로 갔다가 오른쪽으로 갔다가. 빙글빙글 도는 기분도 들었다. 주변은 아무것도 보이지 않는 완벽한 어둠.

'꽤 오래…… 타네.'

한주혁 옆의 두반 백작은 눈을 감고 가부좌를 틀고 있는 상태. 두반 백작도 속이 영 편한 것만은 아닌 것 같았다.

"우욱……!"

일종의 멀미가 나는 것 같았다. 한주혁은 가만히 서 있기만 했다.

얼마나 시간이 흘렀을까. 한주혁에게 알림이 들려왔다.

-특수지역. 에르페스 황궁의 입구에 도착하였습니다.

-특수지역. 에르페스 황궁의 특성에 따라 모든 아이템의 착용이 불가능합니다.

-특수지역. 에르페스 황궁의 특성에 따라 모든 스킬이 봉인됩니다.

바닥은 네모난 대리석 바닥으로 이루어져 있었다. 한주혁이 앞을 쳐다봤다. 반듯이 잘 닦여진 대로. 일자로 쭉 뻗은 대로 끝에는 거대한 궁궐이 자리 잡고 있었다.

'크다.'

성벽이 굉장히 높았다. 재질이 무엇인지는 알 수 없으나.

'예전의 마성격으로는…… 흠집 하나 못 낼 것 같은데?'

심검의 묘리를 녹여내고, 절대자가 된 지금도 성벽을 단숨에 부술 수 있을지 미지수다. 보통의 것들은 다 읽을 수 있고 볼 수 있는데, 지금 것은 아니었다.

'기술력이…….'

과연 에르페스 제국다웠다. 한주혁의 기준 12시 방향. 정중앙에는 36개의 계단이 보였다. 저 계단을 오른 뒤, 대문을 통과하는 구조. 대문 옆에는 거대한 석상 두 개가 창을 한 자루씩 들고 서 있었다.

'저건 가디언.'

석상의 눈에서는 붉은빛이 새어 나오고 있었다. 그 빛은 이쪽을 향하고 있었다.

'내 가디언인 헥토스랑 싸워도 안 지겠는데?'

에르페스 황궁은 과연 황궁다웠다. 단단한 성벽. 그리고 성문을 지키는 두 기의 가디언.

두반 백작이 먼저 걸음을 옮겼다.

"여기서부터는 제가 안내하겠습니다. 황궁으로 이어지는 길은 특별한 환영 마법진이 설치되어 있습니다. 제가 가는 대로 이동하셔야만……."

그래야만 환영 마법진에 걸리지 않고 대문까지 걸어갈 수 있다. 그게 상식이다.

"……마는……."

두반 백작은 할 말을 잃었다.

"저기……."

황당하게도 적대악은 잘만 걸어갔다. 보통 환영 마법진에 걸리면, 그 자리에서 발작하거나 게거품을 문다. 그도 아니면 말도 안 되는 미친 소리들을 혼자서 지껄이든가. 그런데 적대악의 상태는 지극히 평온해 보였다.

"괜찮으십니까?"

"네. 아주 괜찮은데요."

"……."

두반 백작은 황당했다.

'황궁 마법진이 통하지 않아?'

제국에서 내로라하는 마법사들이 심혈을 기울여 만든 환영 마법진이 통하지 않는다.

'지금은 모든 스킬이 봉인되었을 텐데.'

스킬뿐이랴.

'아이템도 모두 벗겨진 상태.'

황궁에 출입하기 위해서는 어떠한 '능력'이 붙은 아이템을 모두 벗어야 한다. 그게 시스템 설정이다. 방어력 1짜리 갑옷도 사용할 수 없다. 하물며 '보온 기능'이 붙은 옷도 불가하다. 말 그대로 신체를 '가려주는 용도'의 천만을 걸칠 수 있다.

현재 한주혁의 상태는 '기본 캐릭터 상태'다. 맨 처음, 캐릭터를 만든 그 상태.

'그렇다는 말은…….'

정말 믿을 수 없지만.

'아이템과 스킬의 능력을 봉인하고 단순 신체 능력으로 저렇다는 것인가?'

NPC 중에도 저런 능력을 가진 NPC는 거의 없을 텐데 플레이어의 몸으로 저 자리까지 올랐단 말인가.

'절대악을 상대해도 지지 않겠어.'

요즘 절대악 때문에 세상이 시끄럽다. 상급 기사 유리엘마저 굴복시켰다고 했다. 덕분에 황궁에서는 거짓 보고를 올린 유리엘에게 척살령을 내렸고 말이다.

'유리엘을 굴복시킨 절대악.'

그리고 맨몸으로 황궁 환영 마법진을 통과하고 있는 적대악. 둘은 과연 괴물이라 불릴 만했다.

한주혁은 대리석 바닥을 평안하게 걸어서 계단을 오르기 시작했다. 한주혁은 계단을 오르는 것에도 일정한 규칙이 있음을 직감했다.

'한 번에 올라가면…….'

대문을 지키고 있는 거대한 두 기의 석상이 공격할 것이 분명했다.

'올라갔다 내려갔다. 일정한 규칙을 가지고 움직여야 해.'

그런데 귀찮다.

'그냥 가자.'

공격하면 피하면 되지. 한주혁은 별생각 없이 걸었다. NPC들에게 적대악의 힘을 증명해 줄 필요도 있고. 이건 일종의 기선 제압이다.

아니나 다를까.

휙-!

무엇인가가 날아들었다.

'빠르네?'

생각보다 훨씬 빨랐다. 한낱 가디언의 움직임이 유리엘의 창보다 더 빨랐다. 거대한 석상이 가진 거대한 창이 일직선으로 자신을 향해 쏘아졌다.

한주혁은 그것을 굳이 피하지 않았다. 그냥 걷기만 했다. 두 반 백작이 헙! 하고 신음성을 토해냈다.

"저, 적대악! 괘, 괜찮은가!"

두반 백작의 눈에 똑똑히 보였다. 석상의 문지기. 네임드 가디언 '디펜서'의 창이 적대악의 심장을 통과했다.

"이, 이, 이런……!"

황궁으로 초대되었다고 해도. 대문 앞까지는 일정한 규칙을 따라서 걸어야만 한다. 그것이 룰이다. 그래서 자신이 적대악을 안내하고 있는 거다. 환영 마법진을 너무나 쉽게 통과해 버려서, 잠시 긴장을 늦추었던 것이 화근이었다.

'황궁의 36계단에 대해서는 당연히 알고 있을 줄 알았는데.'

이건 낭패였다.

'심장을…… 관통했다!'

저 창은 '심판의 창'이라 불리는 디펜서의 고유 무기다. 살아있는 모든 것을 죽일 수 있다고 알려진, 황궁 문의 수문장. 황궁에 출입하는 모든 이들이 당연히 지켜야 할 룰을 지키는 수호자. 당연히 그 파괴력과 살상력은 상상을 불허하는 정도.

'제길.'

실수였다. 36계단에 대해서 당연히 알 줄 알았고. 앞에서 자신을 기다릴 줄 알았다. 그런데 이런 참사가 벌어질 줄이야.

그가 크게 외쳤다.

"힐러! 힐러 없는가! 황명을 받아 찾아온 손님이 다쳤다! 안내자인 내 실수다! 힐러를 파견하라! 책임은 나, 두반 백작이 진다!"

그랬는데 심장을 관통당한 한주혁이 살아 움직이며 무엇인가를 말했다.

"……네."

두반 백작은 믿을 수 없는 광경에 입을 쩍 벌려야만 했다. 한주혁이 무엇인가를 더 말했을 때, 두반 백작은 기절하는 줄 알았다.

한 시간 전.

황궁의 가장 깊숙한 그곳에서 회의가 있었다.

"적대악이 향한다고 합니다."

"절대악이 미친놈처럼 날뛰고 있는 지금. 적대악이 과연 절대악을 제대로 상대할 수 있을까요?"

사실 그들은 절대악을 당장에라도 악의 축으로 규정하고 싶다. 그러나 현재까지 절대악은 에르페스 황실과 대외적으로는 친밀한 관계를 가지고 있으며 서로 특사까지 파견한 사이다. 아무런 이유도 없이 악의 축으로 설정하기에는 무리가 있었다.

"중국 쪽과 러시아 쪽은 이미 반란이 일어났습니다."

그래 봤자 플레이어들의 반란이다. 죽여도 되살아난다는 것만 빼면 아무것도 아닌 것들. 그런 놈들이 반란을 일으켜봤자 별로 무섭지 않다. 그렇지만 귀찮은 건 귀찮은 거다. 또 플레이어들에 의해 NPC들도 영향을 받을 수 있다.

"그 중심에 절대악이 있다고 합니다."

"절대악이 주도한 것은 아니죠. 다만 플레이어들이 절대적으로 믿는 플레이어가 절대악일 뿐. 절대악을 악의 축으로 규정할 만한 명분이나 근거가 없습니다."

"어쨌든 우리는 절대악을 처단할 수 있는 대항마로 적대악을 선택할 수 있는 것입니다."

플레이어들이 말하는 시스템. 올림푸스 세계를 주관하는 제우스가 절대악의 대항마로서 적대악이라는 클래스를 내놓았다. 적대악이 분명 절대악을 저지할 수 있을 것이다.

"적대악의 능력을 시험해야 하지 않겠습니까?"

"환영 마법진과 36계단 정도로는 무리가 있을 것 같습니다."

강화하려면 할 수야 있지만, 그건 비상사태에나 가능한 일이다. 지금은 비상사태도 아니고, 황제의 칙명을 받아 오는 손님을 시험하기 위해 비상사태를 발령할 수는 없는 법이다.

"심판의 창은 어떻습니까?"

"심판의 창만으로는 부족할 것 같습니다."

정말로 적대악이 절대악의 대항마라면.

"심검의 묘리를 조금 섞어야 하지 않을까요?"

"잘못하면 적대악이 사망할 수 있습니다."

황궁 문을 지키는 가디언. '디펜서'가 가진 창은 심판하는 창이다. 그 창에 상처를 입은 NPC들의 상처는 회복되지 않고,

플레이어들은 부활할 수 없다. 즉, 델리트 기능까지 갖췄다는 말이다.

"지금 시점에서 적대악을 죽여 버리는 건 아쉬운 일이 될 수도 있습니다."

중국과 러시아의 벌레들도 감히 NPC들에게 덤벼들고 있다. 한국도 마찬가지일 수 있다. '스카이 데블의 후예를 찾으라'는 전체 퀘스트를 발동시켜 플레이어들 간의 내분을 유도하고는 있지만, 어쨌든 '적대악'의 존재는 필요했다.

"심검에도 등급이 있습니다. 디펜서가 구사할 수 있는 심검의 등급을 최하로 하지요."

그때 누군가가 말했다.

"중으로 하시죠."

"중간이라면…… 상급 기사들에게도 위험할 수 있는 수준입니다."

"절대악이 유리엘을 굴복시켰습니다."

'그들'이 순간 입을 다물었다. 황궁의 가장 높은 자들조차도 유리엘이 절대악에게 굴복할 것을 전혀 예상하지 못했었다.

"그 자존심 강한 유리엘이 굴복했다면 정말로 압도적인 힘의 격차가 있었던 것일 터."

"……그건 그렇습니다만."

"그 정도의 힘을 가진 절대악을 상대하려면 적어도 중급 정도의 공격은 받아내야 하는 것 아닙니까?"

다들 고개를 끄덕였다.

"그 정도도 받아내지 못한다면 적대악으로서의 자격은 이미 없는 것이나 다름없지요."

혹시라도 적대악이 사망하게 되면, 그 책임은 안내자인 두반 백작에게 물으면 된다.

"두반 백작은 황실 친화적인 인물은 아니죠."

마음 같아선 내치고 싶지만 그럴 수가 없다. 두반 백작의 위세가 만만치 않기 때문이다.

상급 기사 갈렌티아를 비롯하여 두반 백작가와 뜻을 함께하는 많은 귀족 가문들이 있다. 함부로 건드릴 수 없다. 그런데 황제의 칙명을 받아 온 손님을 안내 실수로 죽인다? 황제의 손님을 죽인 셈이 된다.

"이러나저러나 우리에게는 이득이군요."

"그것도 괜찮겠습니다. 사실 우리가 귀찮은 것은 플레이어들 따위가 아니라, 그 플레이어들에게 자극받은 또 다른 NPC들이니까요."

플레이어들은 그저 벌레에 지나지 않는다. 그들은 그렇게 생각했다. 앞으로 지구로 진출하면, 노예로 부려먹을 노동력들. 딱 그 정도.

"좋습니다. 심검의 묘리를 섞도록 허가합시다."

그들은 지켜보기로 했다. 적대악이 디펜서의 창. 그것도 심검의 묘리가 섞인 그 창을 얼마나 잘 받아낼 수 있는지.

그리고 1시간이 흘러 절대악이 그 앞에서 중얼거렸다.

"진짜 되네?"

한주혁은 디펜서의 창을 정확하게 바라봤다. 궤적. 속도. 모든 것이 눈에 들어왔다.

그때 한주혁은 이상한 확신이 들었다.

'맞아도 돼.'

맞아도 그다지 큰 위험이 없을 것 같다는 판단이 들었다. 이것은 '심검'과 비슷한 느낌이었다. 공격할 때 심검은 의지로 상대를 공격한다.

'이건…….'

음.

'일단 심장에 박히긴 했는데.'

의지로 창을 피해냈다. 물리적으로 맞기는 맞았으나, 데미지를 입지 않았다.

'이걸 뭐라고 해야 하지?'

검은 심검이니까 회피는.

'심회피?'

한주혁은 피식 웃었다. 이름 같은 건 중요하지 않았다. 의지로 상대를 공격한다. 그리고 또 의지로 자신을 방어한다. 둘은 비슷하면서도 다른 개념이었다. 말로 표현하기는 어렵지만 어쨌든 한주혁은 그게 가능했다.

한주혁은 디펜서의 창 하나를 쑤욱- 뽑아냈다.

"나 손님이다."

심장에 박힌, 또 다른 창 하나도 뽑았다.

"문 열어."

두반 백작은 이 상황을 믿을 수 없었다.

'디펜서가 들고 있는 창을 어떻게 밀어냈지?'

디펜서의 힘은 가히 상상을 초월한다고 알려져 있다. 순수 힘으로는 상대할 자가 없다고 알려져 있는 황궁 문의 수문장이다. 그런데 그 창을 밀어냈다.

'별로…… 안 힘들어 보이는데?'

적대악은 전혀 힘들어 보이지 않았다. 그냥 쉽게 쑥 뽑았다. 그것도 심장에 창이 두 자루나 꽂힌 채로.

황궁 문이 열렸다. 거대한 문이 자동으로 열리고, 그 사이에서 누군가가 헐레벌떡 뛰어왔다.

"헉……! 헉……! 죄송합니다! 시간이 없어 미처 설정하지 못했습니다! 36계단의 룰을 무시하고 이렇게 올라오실 줄 몰랐습니다!"

한주혁은 가볍게 고개를 끄덕였다.

'시간이 없어?'

저건 거짓말이다. 이미 디펜서의 창에서 느꼈다.

'디펜서도 전력을 다하지 않았어.'

전력을 다했다면?

'그래 봤자 허접이지만.'

전력을 다했어도 어차피 자신의 털끝 하나 건드리지 못했을 거다.

'진짜 나를 침입자로 생각했다면 전력을 다했겠지.'

보아하니 자아가 있는 가디언은 아닌 것 같다. 누군가가 설정값을 입력한 거다. 자신에게 '전력을 다하지 말고 공격하라'라고.

한주혁은 상황을 정확하게 판단했다.

'나를 시험한 거네.'

적대악인 자신이, 과연 '적대악'의 자격이 있는지 확인한 것 같다. 소득이 하나 더 있었다.

'나를 이 정도 레벨로 생각하고 있다는 거고.'

아마 진짜 죽이려고 하지는 않았다. '약간 위험한 수준' 정도로 설정했을 터. 방금 디펜서의 공격 한 번으로 황궁이 판단하고 있는 적대악의 실력에 대해 알 수 있었다.

'엄청 얕잡혀 보이고 있구나. 나.'

하기야. 저들이 자신의 능력을 알았다면, 그리고 정체를 알았다면 이렇게 안방으로 초대하지도 않았을 것이다.

'만약 내가 여기서 죽었다면…… 두반 백작도 난처했겠지.'

한주혁은 눈으로 보지 않았지만 황궁의 생각을 정확하게 읽어냈다. 마치 눈으로 보고 귀로 직접 들은 것처럼 말이다.

'두반 백작은 황실에 그렇게 충성하는 NPC는 아니니까.'

나름대로 공명정대하고, 사리 분별에 밝은 NPC니까.

'뭐. 이렇든 저렇듯, 황궁에는 이득이었겠구나.'

다만 이것이 황제의 뜻인지, 아니면 '황제 위의 누군가'인지. 그것은 좀 더 알아봐야 할 것 같다.

"읏차."

한주혁이 디펜서의 창을 잡아냈다.

"으아아악!"

한주혁을 향해 달려온 NPC가 엉덩방아를 찧었다. 디펜서가 갑자기 NPC를 향해 창을 내질렀기 때문이다.

맨손으로 황궁 문지기의 창을 잡아낸 한주혁이 어깨를 으쓱했다.

'얘는 디펜서를 잘못 관리해서 죽였다…… 정도 되는 건가?'

결정은 윗사람이고 하고, 책임은 아랫사람이 지고. 과거의 한국이나 여기나 똑같은 거 같다.

또 다른 디펜서가 NPC를 향해 창을 내지르려 했다.

"멈춰."

그 순간. 놀랍게도 디펜서 한 기가 멈췄다. 한주혁의 말이 마치 '설정값'이라도 된 것처럼.

NPC는 자리에서 일어섰다. 진땀을 뻘뻘 흘렸다. 디펜서를 관리하는 NPC지만, 디펜서가 이런 돌발 행동을 할 줄은 몰랐던 모양이다.

“이, 이게 어떻게 된 일인지…….”

그는 알 수 있었다. 윗선에서 자신을 죽이려고 했다는 것을. 배신감이 치밀어 올랐다. 하지만 내색할 수는 없었다.

‘그런데…….’

이건 또 무슨 상황이란 말인가. 맨손으로 디펜서의 창을 막아내는 괴력은 일단 그렇다 치고.

‘말로 디펜서를 멈췄어?’

디펜서는 자아가 없다. 지금 그렇다면 적대악은 디펜서의 설정값에 손을 댔다는 소리다.

‘육성으로?’

황궁은 모든 스킬이 제한된다. 스킬이 아니라, 순수 능력이라는 소리다.

‘저건…….’

어쩌면.

‘진언인가?’

말로서 모든 것을 이루는 주문. 이론상으로는 존재하지만 인간 중 그 누구도 도달하지 못했다고 전해지는 경지.

‘설마 말도 안 돼.’

그럴 리는 없다. 적대악이 등장한 지 6개월이 채 되지 않았다. 6개월 만에 어떻게 그런 성장을 한단 말인가. 아무리 플레이어의 성장이 빨라도 그건 절대로 불가능한 일이었다.

한주혁이 말했다.

"일단 성안으로 들어가죠."

열린 문 사이로 한주혁과 두반 백작. 그리고 가까스로 목숨을 구한 NPC. '듀벨'이 황궁 안으로 들어갔다.

알림이 들려왔다.

-'황궁 정원'에 입장하시겠습니까?

필드가 변했다. 특수지역 황궁 내의 또 다른 필드. '황궁 정원'이다.

한주혁은 눈앞의 광경에 순수하게 감탄했다.

"이 넓은 필드가 전부 정원입니까?"

정원이라고 보기에 애매했다.

'정원이 아니라…….'

거대한 미로 같았다. 높이가 약 12미터쯤 되는 높은 덩굴 숲이었다.

'평상시에는 정원의 역할을 하면서, 유사시에는 침입자를 방어하는 미로인가.'

아마도 황궁 안에서는 한눈에 내려다볼 수 있을 것이다. 이곳에서는 그 모든 마법이 제한된다. 플라이 등의 마법도 사용할 수 없다. 이쪽은 무조건 걸어서 황궁 내부까지 걸어가야 한다는 소리다.

식은땀을 닦아낸 '듀벨'이 말을 이었다.

"예. 에르페스 황궁이 자랑하는 황궁 정원입니다."

말을 하는 와중에도 화가 치솟아 올랐다.

'내가 이곳을 얼마나 열심히 관리했는데.'

그랬는데 자신을 죽이려고 했다니. 자신도 모르게 디펜서에 손을 대서. 적대악이 자신을 살려주지 않았다면, 꼼짝없이 죽은 몸이었다.

화가 났지만 참았다. 반대로 적대악에게는 고마웠다. 적대악이, 적대악이 아니라 절대악이라고 해도 영혼이라도 바칠 수 있을 것 같았다.

"성심을 다해 안내하겠습니다."

한주혁은 안내를 받아 '황궁 정원'을 걸어가기 시작했다.

'빠져나오려면 꽤 귀찮겠어.'

공격 불가 설정이 걸려 있는 이 미로 정원은 길을 외우기가 힘들었다. 길을 기억하지 못하도록 방해하는 어떤 특수한 마법이 걸려 있는 것 같았다. 그래 봤자 한주혁에게 큰 영향을 끼치지는 못했지만.

'최대한 다 알아놔야지.'

황궁에 관한 모든 정보를 습득해 놓는 것이 좋다.

"이곳 워프 포탈을 통해 황궁 응접실로 이동할 수 있습니다. 황궁 응접실은 황궁을 방문한 손님들이 일차적으로 모이는 장소입니다."

한주혁이 워프 포탈 앞에 올라섰다. 듀벨이 또다시 식은땀을 흘렸다.

"어, 어? 이게 아닌데……!"

그와 동시에 이상한 알림이 들려왔다.

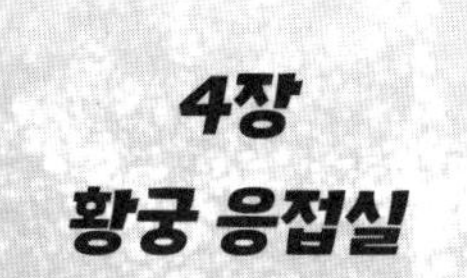

4장
황궁 응접실

안내자인 '듀벨'은 황당했다.

'어, 어째서……!'

응접실로 이동하는 워프 포탈인데, 응접실로 이동하지 않았다.

알림이 들려왔다.

-히든 지역. '은밀한 응접실'로 이동합니다.

-히든 지역. '은밀한 응접실'의 유효 시간은 12분입니다.

듀벨이 주변을 둘러봤다. 익히 알고 있는 장소가 아니었다. 바닥에는 붉은 양탄자가 깔려 있었다.

'방?'

사각형 형태의 방이었다. 창문이 없어 갑갑한 느낌을 주었다.

'뭐야, 저건?'

방 중앙에 원형의 테이블이 갑자기 모습을 드러냈다. 테이블 옆에는 의자 7개가 생겨났다.

듀벨이 황급히 말했다.

"뭐, 뭔가 기술적 오류가 생긴 모양입니다."

이러면 안 된다. 뭔가 잘못됐다. 황궁 내에는 자신이 모르는 비밀이 많기는 하지만, 이런 식으로 갑자기 나타나서는 안 되었다. 손님을 모시고 있는 중인데 말이다.

한주혁이 고개를 저었다.

"오류는 아닌 것 같은데요."

이건 오류가 아니다. 한주혁은 눈앞에 보이는 시간을 살폈다.

'11분 45초.'

시간은 계속해서 줄어들고 있다. 그리고 이곳에는 누군가 있었다.

"모습을 드러내시지요."

그 누군가는 테이블 앞. 의자에 앉아 있었다. 투명했던 모습이 조금씩 형태를 갖춰가기 시작했다.

그와 동시에 듀벨과 두반 백작이 눈을 크게 떴다.

'이럴 수가!'

두반 백작이 눈을 비볐다. 이게 사실인가 싶었다.

"화, 황제 폐하!"

두반 백작이 허리를 깊게 숙였다. 듀벨의 경우는 아예 무릎을 꿇고 바닥에 엎드렸다.

"존안을 뵈옵니다!"

한주혁이 황제를 쳐다봤다.

'은밀한 응접실.'

안내자도 모르고 있던 특수한 지역이다. 황제가 왜 굳이 이런 비밀스러운 공간을 마련했을까.

"시간의 제약이 있는 걸 보면…… 이 공간을 설정하는 데 자유롭지 못했던 모양이군요."

만약 정말로 여유로웠다면, 시간제한 따위는 없었을 거다. 눈앞에 나타난 자가 에르페스를 다스리는 황제라는 사실은 꽤 놀라웠지만 그것 자체로 한주혁을 위축시키지는 못했다.

"적대악. 시간이 많지 않으니 본론으로 바로 들어가겠다."

황제가 손을 앞으로 내밀었다. 의자에 앉으라는 듯한 제스처에 한주혁이 뚜벅뚜벅 걸어가 의자에 앉았다. 듀벨은 감히 앉지 못하고, 두반 백작은 한주혁의 옆옆 자리에 앉았다.

"그대는 황금사자상에 성족의 증표를 거는 것에 성공했나?"

"그렇습니다. 건다라는 개념이 조금 모호하기는 했지만요."

쿠낙 조각술을 사용해 박아 넣었다. '영웅의 장갑'(영웅의 장갑은 한주혁이 절대자로 거듭날 때 착용했던 아이템들 중, 유일하게 녹아내리지 않은 아이템이다)을 만들 때와 마찬가지로 말이다.

"황금사자상은 황금으로 가는 문 안에 존재했을 터."

"……."

한주혁은 대답하지 않았다. 황제가 황금으로 가는 문에 대해서 알고 있는 것 같다.

'황금으로 가는 문은 힐스테이에 생성되었어.'

에르페스에서는 그것을 모른다. 아니, 알아서는 안 된다.

"그리고 그것을 클리어하기 위해서는……."

황제가 조용히 말을 이었다.

"절대자의 힘이 필요하다."

"……."

황제는 한주혁을 뚫어져라 쳐다봤다. 그 눈빛에는 기묘한 열망이 담겨져 있었다. 한주혁은 그렇게 느꼈다. 저 눈빛에는 어떠한 갈망이 녹아들어 있다고.

"묻겠다. 그대는 절대자인가?"

한주혁은 시간을 체크했다. 남은 시간은 약 9분 정도.

'시간을 끌 필요는 없겠지.'

지금 황제는 아마 도박을 하고 있는 것일 확률이 높았다. 한주혁은 이러한 상황을 아예 예상하지 못했던 건 아니었다. 입을 쩍 벌리고 있는 두반 백작과 이 상황 자체를 이해하지 못하는 듀벨과는 상황이 많이 달랐다.

두반 백작조차도 이 상황을 제대로 이해하지 못했다.

'나는 도대체 모르겠다.'

이 상황이 어떤 상황인지.

'그런데…… 적대악은 이 상황을 이해하고 있는 것 같다.'

적대악은 마치 이 상황을 오래전부터 생각해 오고 있었던 것 같다. 표정을 보면 그렇게 느껴졌다. 예상을 미리 했든, 상황 파악이 빠르든. 어쨌든 적대악은 현재 여유로웠다.

'뭐지?'

도대체 뭐지.

'황제 폐하께서는 왜…… 굳이 황궁 내에서 이런 수고스러움을 가지신단 말인가.'

황제의 말은 곧 법이다. 굳이 이런 은밀한 공간을 따로 만들지 않아도, 얼마든지 만들 수 있다. 공식적으로 비밀스러운 공간에 초대하면 그만이다. 그런데 안내자조차도 예상하지 못한 타이밍에, 급작스러운 히든 필드라니.

한주혁이 말했다.

"혹시 누군가에게 감시받고 있습니까?"

"……."

이번에는 황제의 말문이 막혔다. 두반 백작의 등에서 식은 땀이 흘렀다. 저게 또 무슨 말이란 말인가. 어떻게 이 나라의 태양. 황제가 누군가로부터 감시를 당한단 말인가.

한주혁이 피식 웃었다.

"확실히. 이곳에 감시는 없군요. 완벽하게 우리 셋만 있습니다."

아마도 황제가 가지고 있던 최후의 패일 확률이 높다. 절대자인 자신을 만나기 위해서.

"저는 절대자가 맞습니다."

"그 증거를 보여주게."

"그 증거가 혹시 이것입니까?"

한주혁이 아이템을 꺼내 들었다. 책 형태의 아이템이었다.

<최후의 계시록>

-황제의 계시록.

-……?

-가품입니다. 진품과 가품의 구별은 오로지 '황금사자의 유언을 말한 자'만이 가능합니다.

-최후의 계시록 열람과 소지는 '황금사자의 유언을 말한 자'와 에르페스 제국의 황제만이 가능합니다.

황제가 그것을 받아들었다. 황제의 눈이 커졌다.

"가품이군."

한주혁이 고개를 끄덕였다. 자신과 에르페스의 황제만이 이 아이템을 구별할 수 있다고 했다.

"가품이 있다면, 진품도 가지고 있겠어."

거기까지 말한 황제가 자리에서 일어섰다. 남은 시간은 이제 7분. 황제가 서 있는데 감히 앉아 있을 수 없는 두반 백작도 자리에서 일어섰다.

"으억! 황제 폐하!"

두반 백작이 자리에 넙죽 엎드렸다.

'이, 이게 무슨 일이란 말인가!'

충격적인 일의 연속이었다. 어째서 황제 폐하가 바닥에 엎드린단 말인가.

'화, 황제 폐하께서……!'

자신이 비록 황제에게 절대적으로 충성하는 NPC는 아니라지만, 그래도 이건 너무 과했다. 황제가 바닥에 엎드리다니. 태양이 어떻게 엎드릴 수 있단 말인가.

바닥에 엎드린 황제가 말했다.

"맨브라암의 진정한 후손을 뵙습니다."

그와 동시에 한주혁에게 알림이 들려왔다.

-에르페스 메인 퀘스트 '보복 전쟁의 서막'이 진행됩니다.

퀘스트창이 업데이트되었다.

<보복 전쟁-일시적 평화 상태>

-업적

1) 불칸 함락 (에르페스 제국. 굴타 왕국 소속)

2) 넬칸 함락 (에르페스 제국. 굴타 왕국 소속)

…….

92) 배후 성족의 처단

93) 타락천사들의 왕

…….

97) 제국과의 격돌

98) 은밀한 만남

-에르페스 메인 퀘스트 '은밀한 만남' 시나리오가 시작됩니다.

듀벨은 숨이 넘어갈 듯한 착각에 빠져들었다. 실제로 숨이 가빠왔다.

'오늘은 미친 날이구나.'

뭐가 어떻게 돌아가는지 모르겠다. 황제께서 왜 적대악에게 절대자라며 엎드리고 무릎을 꿇는지 알 수가 없었다. 머릿속이 새하얗게 변해 버렸다.

'황제께서 엎드리셨으면?'

그럼 저 눈앞에 플레이어는 도대체 뭐란 말인가. 절대자라고 했다.

'신인가?'

아니면.

'드래곤?'

하여튼 모르겠다.

한주혁도 이 정도 상황까지는 예상하지 못했다.

'황제가 나한테 무릎을 꿇어?'

이 '은밀한 만남'은 내정되어 있던 시나리오였던 것 같다. 예상했던 것처럼, 황제는 자신과 만나기 위해 아주 오래전부터 준비를 해왔고 결국 지금의 만남이 성사되었다.

"맨브라암의 후손이시여. 저는 평화를 원합니다."

황제의 눈에 눈물이 맺혔다.

"플레이어와 NPC가 공존할 수 있는 세상을 원합니다. 그리고 그것은 우리의 조상 맨브라암의 뜻이기도 했습니다."

에르페스의 현재 황제. 그는 맨브라암의 후손이 맞았다. 혹시나 싶었는데 정말이었다.

한주혁이 말을 이었다.

"……칸브라암의 후손에게 장악되었었군."

"정확히 보셨습니다. 이미 예상하셨겠지만 역대 황제들은 꼭두각시였습니다."

한주혁이 고개를 끄덕였다. 그림이 그려진다. '보복 전쟁의 서막'은 결국 황제 VS 절대악이 아니었다. 황제를 지배하는 '칸브라암의 후손'과 '맨브라암의 후손'의 전쟁이었다.

"에르페스의 정통성은 맨브라암의 피를 이은 자에게서만 나옵니다. 에르페스 세계를 구성하려면 저희의 피가 필요하니까요."

알지 못했던 설정이다. 에르페스 세계. 그러니까 센티니아와 루니아를 구성하기 위해서 황제의 피가 필요하다니.

황제가 말을 이었다.

"부디 칸브라암을 막아주십시오. 전쟁을 막아주십시오. 저는 힘이 없습니다. 오로지."

황제가 눈물을 흘리면서 한주혁을 올려다보았다.

"절대자께서만 가능하십니다. 당신을 의지합니다."

중국과 러시아는 제국과의 전쟁을 시작했다.

결과는 뻔했다. 아무리 앱솔루트 네크로맨서가 파견 나갔다 하더라도, 플레이어와 NPC들의 전쟁은 당연히 NPC들의 승리다. 전쟁의 양상은 NPC들에게 유리하게만 흘러갔다.

-충격. 중국인 10만 명 실종.

캡슐에서 빠져나오지 못하고 있는 중국인들이 또 10만 명에 이르렀다. 누적 30만 명. 무려 30만 명이 실종되었고, 현재까지 20만 명이 캡슐 속에서 사망했다. NPC들의 짓이다.

전 세계가 충격에 빠졌다. 제국이 이제는 대놓고 플레이어들을 납치하기 시작했다.

상황은 러시아도 비슷했다. 러시아에서도 사람들이 실종되기 시작했다. 실종된 이들은 캡슐 속, 시체로 발견되었다.

캡틴이 손을 바들바들 떨었다.

'아메리아 대륙에서도…… 마찬가지다.'

여태껏 캡슐 속에서 사망하는 경우는 종종 있었다. 이 세계 문명을 이끌고 있는 것이 올림푸스 문명이다. 따라서 이러한 사망은 어쩔 수 없는 부작용 같은 것으로 치부했고, 언론에서도 다루지 않았었다.

'차를 타고 다니면 낮은 확률로 교통사고를 당한다'와 비슷했다.

'돌이켜 보면…….'

여태까지 비밀로 감춰왔지만 매년 1,000명 이상이 실종되었고 캡슐 속에서 사망한 채로 발견되어 왔다. 전체 인구의 0.01퍼센트조차 되지 않는 미미한 수치. 교통사고보다도 훨씬 적은 숫자이고, 현실에서 실종되는 숫자보다도 훨씬 적어서 이슈화되지 않았을 뿐이다.

'NPC들의 짓이었다.'

미국에서도 같은 일이 발생하기 시작했다. 미국도 전 세계적인 흐름에서 벗어나지 못했다.

'도대체 무슨 일이 벌어지려고…….'

캡틴의 얼굴이 어두워졌다. 지금 와서 올림푸스 접속을 전면 중지할 수도 없다. 올림푸스는 곧 이 세계나 다름없으니까.

그러던 차. 아메리아 대륙에서도 '대대적인 사냥'이 일어나기 시작했다. NPC들이 대놓고 플레이어들을 납치했다.

캡틴과 백악관도 즉각 성명을 발표하고 전쟁에 돌입했다.

같은 시각. 한주혁은 히든 필드인 '은밀한 응접실'에서 황제와 대화를 나눴다.

"……게 된 것입니다."

한주혁이 고개를 끄덕였다. 10분이라는 짧은 시간 동안. 많은 이야기를 들었다. 칸브라암의 후손이 무엇을 꾸미는지. 또 앞으로의 양상이 어떻게 진행될지.

이제 시간이 없다. '은밀한 응접실'의 잔여 시간이 거의 '0'에 가까워졌다.

"이제 저는 황제의 자리로 돌아갑니다. 황금 의자에서 기다리겠습니다. 부디 이 자리의 진정한 주인이 되어주옵소서."

알림이 들려왔다.

-'은밀한 응접실'에서 '황궁 응접실'로 이동합니다.

-'황궁 응접실'에 입장합니다.

그런데 그때 한주혁조차도 생각지 못했던 일이 벌어졌다.

'이런……!'

'황궁 응접실'이라는 명명된 필드 자체가 대대적으로 변화하기 시작했다.

원래대로면 '황궁 응접실'이었을 그곳. 그곳은 '은밀한 응접실'과 다르게 꽤 화려했다. 굉장히 커다란 홀이었는데, 천장이 굉장히 높았다. 천장 벽화에는 아마도 하늘 위의 신들이라 짐작되는, 구름으로 중요 부위만 가린 알몸의 사람들이 그려져 있었다.

황금 샹들리에 수십 개가 응접실을 번쩍번쩍 빛내고 있었으며, 커다란 10개의 창을 통해 황금빛 햇살이 쏟아져 들어오고 있었다.

'아까와는 비교도 되지 않을 정도의 거대한 탁자.'

아마도 60명 정도는 앉을 수 있을 것 같은 기다란 탁자가 놓여 있었다. 황궁이라는 것을 증명이라도 하듯, 그 탁자에서는 여태껏 맡아보지 못한 상쾌한 향이 배어 있었다. 아마도 특수한 향을 가지고 있는 천연 나무인 것 같았다.

'바닥은…… 충격을 흡수하는 마법이 걸린 붉은 카펫인가.'

붉은 카펫의 소재까지는 모르겠지만 한눈에 보기에도 대단히 고급스러웠다. 거기에 마법까지 걸려 있어서 마치 구름 위를 걷고 있는 것 같은 착각이 들 정도였다.

'여기가 진짜 응접실.'

과연 에르페스의 황궁다웠다. 겨우 '응접실' 하나인데, 어지간한 저택보다 넓었다. 벽면에 걸려 있는 액자들도 굉장히 고가의 예술품 같았고, 벽면 가장자리에 놓여 있는 도자기들도 범상치 않았다.

한주혁은 이 응접실을 한마디로 정의 내렸다.

'돈지랄의 향연이네.'

아마 이곳에 있는 소품들을 가져다 팔면 평생 떵떵거리며 살 수 있을 것 같다. 아마 저 탁자만 해도 수십억은 호가할 거 같다.

저만치 앞. 테이블 끝. 그곳에는 황제가 앉아 있었다. 그런데 혈색이 별로 좋지 못했다.

쿨럭.

황제가 피를 토했다. 한주혁이 아닌 누군가라 할지라도, 저 이상을 눈치챌 수 있으리라.

'황제의 몸에…… 이상이 생겼다.'

그렇다는 말은 황제의 계획이 틀어졌다는 얘기다. 가칭 대공이라 불리는 이는 어쩌면 황제의 계획을 알고 있었을지도 모른다. 아니면 이번 은밀한 응접실이 완벽하지 않았든가.

-황궁 응접실에서 황제의 신변에 위해가 가해졌음을 확인합니다.

-최상위 명령 등급 설정에 의하여 '황궁 응접실'이 '역모의 공간'으로 변질됩니다.

-최상위 명령 등급 설정에 의하여 '역모의 공간'은 기존의 황궁과 완전히 다른 필드에 귀속됩니다.

한주혁은 인상을 찌푸렸다.

'최상위 명령 등급.'

그리고 황궁이 아닌 다른 공간으로 변질된단다.

'황궁 특유의 시스템 설정인 것 같은데.'

황궁 내에서 황제의 몸에 이변이 생기면, 필드 자체가 변하는 것 같다.

짝. 짝. 짝. 짝.

박수 소리가 들려왔다.

"여기까지 오느라 수고하셨습니다."

한주혁의 뒤쪽. 응접실, 아니, 이제는 '역모의 공간'이라 이름 붙은 곳의 문을 열고서 누군가가 들어왔다. 한주혁은 이미 그 존재를 느끼고 있었고, 그에 따라 크게 놀라지는 않았다.

처음 보는 얼굴이다. 그런데 기운이 익숙했다. 성좌들과 비슷한 느낌. 무어라 딱히 정의 내리기는 어렵지만, 이미 알고 있는 것 같은 그런 느낌.

"태르민."

얼굴을 변형시킨 모양이다. 올림푸스 세계에서 그 정도는 아무것도 아니다.

황제가 가슴을 부여잡고서, 입가에서는 피를 흘리면서 문 쪽을 쳐다봤다.

"……대공…… 이 개자식……!"

한주혁은 거기서 확신할 수 있었다.

'태르민이 곧 대공.'

그렇다는 말은.

'에르페스의 대공과 모르골의 대공은 둘 다 태르민일 확률이 높다.'

또 한 가지 확인할 수 있었다.

'저놈은 분명 NPC.'

NPC가 맞다. 저절로 그렇게 입력이 된다. NPC라고. NPC가 맞는데, 현실에 딸(Siri)이 있고 손녀(유리아)가 있다.

'NPC가 실체화하여 현실에 나온 게 맞아.'

이미 어느 정도 예상은 하고 있었지만 정말 현실이 되어 다가오니 약간의 충격은 있었다.

'그래.'

게임 속 아이템도 현실에 가져올 수 있고, 또 현실의 사람들도 게임 속으로 출입이 자유롭다. 아이템과 사람이 세계를 왔다 갔다 할 수 있는데, 게임 속 사람인 NPC들이라고 못할 것도 없다.

"적대악. 생각보다 놀라지 않는군. 아니, 이제는 절대자라 불러야 하나?"

태르민이 쿡쿡대고 웃었다. 태르민의 모습에서는 여유가 넘쳤다. 태르민의 겉모습은 꽤 젊어 보였다.

'특별한 마법 같은 것은 걸려 있지 않아.'

지금 보는 태르민의 모습이 진짜 태르민의 모습이라는 얘기가 된다. 겉으로 보기에는 40대 초반 정도 되어 보인다.

큰 키. 정리가 잘되어 있는 적당한 길이의 머리카락. 날카로운 눈매와 높은 코. 역시 관리가 잘 되어 있는 짧은 수염.

'꽤…… 샤프한 인상이네.'

흔히들 말하는, 잘생긴 아저씨 정도 되는 것 같다. 한주혁은 느낄 수 있었다. 진짜 모습이기는 한데, 저건 본체가 아니다.

"진짜 모습으로 나타난 건 알겠는데. 본체는 어디 있지?"

태르민이 피식 웃었다.

"최상위 등급 명령의 함정에 빠졌는데. 자신감인가, 만용인가? 이제 너는 이곳에서 죽어서도 빠져나오지 못할 것이다."

태르민은 기분이 좋은 것 같았다.

"너 때문에 나의 계획에 너무나 큰 차질이 생겨 버렸어."

태르민의 눈이 가늘게 변했다. 두반 백작은 황망한 와중에도 저 모습이 표독스러운 독사 같다고 느꼈다. 두반 백작이 소리쳤다.

"대공! 이게 무슨 짓입니까! 황제 폐하께 무슨 짓을 한 것입니까! 당신, 미쳤습니까?"

순간 태르민이 손가락으로 두반 백작을 가리켰다. 그와 동시에 한주혁이 말했다.

"허튼짓하면 없애 버린다."

그 말에 태르민이 움찔했다. 태르민은 손가락을 내리고서 어깨를 으쓱했다.

"절대자 나으리가 없었다면, 두반 너는 지금 이 자리에서 혀가 잘려 죽었을 것이다."

두반 백작의 몸이 바들바들 떨렸다. 태르민의 말에는 어느 정도 '권능'이 담겨져 있는 것 같았다. 그럼에도 불구하고 두반 백작은 기가 죽지 않았다.

"닥쳐라! 황제 폐하를 시해한 죄. 그 죄를 묻겠다!"

태르민은 능글거리면서 웃었다. 두반 백작 따위는 그다지 신경을 쓰지 않는 듯한 모양새였다.

거기서 한주혁은 또 다른 힌트를 얻을 수 있었다.

'저게 본체는 아닌데, 본체에 어느 정도 영향을 끼칠 수는 있는 분신이구나.'

그렇지 않고서야 태르민이 이렇게 자신을 경계하고 있을 리 없다. 겉으로는 여유로워 보이지만, 태르민의 온 신경이 자신에게 쏠려 있다는 것을 이미 느끼고 있다.

쿨럭!

황제가 다시 한번 피를 토해냈다. 얼굴이 새파랗게 질렸다. 거의 시체라고 봐도 무방할 정도로 혈색이 나빴다.

황제는 그 가운데 이를 바드득 갈았다.

'제기랄……!'

완벽했다고 생각했다. 절대자를 불러들여 그와 함께 대공을 없애려고 했다. 그런데 역으로 함정에 빠져 버렸다. 절대자와 두반 백작은 이제 반역도로 몰려, 이곳 역모의 공간에 영원히 갇히게 될 것이다.

이 공간은 '최상위 등급 명령'으로 설정된 공간.

'여길 빠져나가려면…….'

오직 한 가지 방법으로만 이곳을 벗어날 수 있다. 그런데 그 방법을 지금 사용할 수 있을 리 없다.

'좀 더 조심했어야 했는데.'

역대 황제들이 머리를 짜내고, 지식을 모아 준비를 해왔거늘. 영악한 대공은 그것을 이미 알고 역으로 이용했다. 오히려 그토록 기다려왔던 절대자를 최상위 등급의 공간에 넣어버리기까지 했다.

태르민이 말했다.

"나도 이곳에 오래 있을 수는 없어서 말이야."

피식 웃었다.

"그래도 나를 이렇게까지 애먹인 상대에게 인사는 좀 하고 싶어서."

그가 문득 생각난 듯 손뼉을 쳤다.

"아 참. 이곳에서는 못 빠져나가. 캡슐에서도 나오지 못할 거야. 지금 넌 실종 상태거든."

이 공간은 그런 공간이다. 태초에 이렇게 설정되어 있는 공간. 에르페스가 만들어질 때. 그렇게 정해져 있었다.

태르민이 계속 말했다.

"우리는 너희 인간들을 지배할 것이다. 인간들은 우리의 발을 핥을 것이며, 영원한 노예로서 삶을 마감하게 될 것이다. 아 참."

또 무엇인가가 생각난 듯했다.

"날 이토록 애먹인 대가로, 네 여자는 특별히 내 수발을 드는 노예로 만들어주마. 뭐. 운이 좋은 경우지. 매일 밤마다 아마 천국을 경험하게 될 거야."

한주혁은 동요하지 않았다.

"……."

알 것은 알았다. 태르민이 대공이라는 사실을 확인했고, 그 대공이 현실과 게임을 오갈 수 있는 능력을 가졌다는 것도 확인했다.

"죽자. 이제."

본체를 죽일 수는 없어도 본체에 영향을 끼칠 수 있을 것이다. 태르민이 크게 웃었다.

"크하하하하!"

태르민이 검은 잿더미로 변했다. 마치 플레이어처럼, 계속해서 말을 이었다.

"영원히 실종되거라."

한주혁은 일부러 전력을 다하지 않았다. 태르민의 속내를 읽었기 때문이다.

'나를 일부러 자극했어.'

태르민은 자신을 이토록 애먹인 상대에게 마지막 인사를 하려고 왔다고 했다. 그러나 그게 진실일까? 한주혁이 생각한 답은 '아니오'였다. 혹시라도. 정말 만약에라도 한주혁이 이곳에서 빠져나올 가능성을 염두에 두고 있던 것이 틀림없다. 그래서 마지막 순간, 한주혁 자신을 도발했다. 사랑해마지않는 세송이를 가지고 얼토당토않은 시비를 걸었다.

'내가 전력을 다했다고 생각했겠지.'

그래서 잿더미가 된 이후에도 웃었을 거다. 절대자의 힘이 이 정도구나. 그럼 최악의 경우. 이 정도로 대비하면 되겠구나. 그렇게 생각하고 있을 것이 확실했다. 그래서 일부러 힘을 다 쓰지 않았다.

'어디 한번 본체로 만나보자.'

아마 그때는 지금과는 완전히 다른 상황에 처해질 테니.

"황제 폐하. 정신 차리십시오."

두반 백작이 황제에게 달려가 황제를 흔들었다.

"죄송합니다. 저를 용서하십시오."

그러고서 뺨을 마구 때리기 시작했다.

"두반 백작입니다! 폐하!"

뺨을 맞아서일까. 황제가 게슴츠레 눈을 떴다. 그러고는 마지막 힘을 쥐어짜 내 말했다.

"이곳을…… 빠져나가는…… 방법…… 은 하나…… 입니다."

한주혁은 황제를 살릴 수 있는 방법이 없다는 것을 안다. 이미 늦었다. 태르민이 황제의 몸에 수작을 부려놨다. 황제에게 가망은 없다. 그리고 자신이 '반역도'로 찍힐 것도 자명한 사실이다.

"면책…… 특권…… 이 필요합니다."

황제 본인이 만들어낸 '면책 특권'이 있어야 한다. 그런데 그것만으로는 어림도 없다. 무려 역모다. 황제도 적대악이 절대자인 것을 확인했을 때, 이미 한주혁에게 면책 특권이 있다는 사실은 예상했다. 절대악의 연인. 앱솔루트 네크로맨서가 미스 에르페스 대회에서 그것을 타냈었으니까. 그것까지는 알겠는데, 그 이후가 문제다.

"거기에…… 제 피와…… 에르페스의 옥쇄가…… 필요…… 합…… 니다."

쿨럭!

다시 한번 피를 토했다. 무척 괴로운 듯, 황제는 가슴을 부여잡았다. 헉! 헉! 하고 거친 숨을 몰아쉬었다.

"에르…… 페스의 옥쇄가…… 어디 있는…… 지…… 저도 모릅…… 니다."

한주혁이 말했다.

"여태까지는 모조된 옥쇄를 사용했겠지. 진짜 옥쇄는 숨겨져 있었고."

"……."

황제가 힘겹게 고개를 끄덕였다. 말을 잇지 못했다. 한주혁은 황제의 눈빛을 읽을 수 있었다.

“아니. 내게 죄송해할 것 없어. 태르민이 좀 더 치밀했을 뿐이니까.”

한주혁이 품 안에서 무엇인가를 꺼내 들었다.

“그리고 내가 태르민보다 조금 더 치밀했고.”

황제가 죽어가는 와중에도 눈을 크게 떴다. 분명 저것은 에르페스의 옥쇄였다. 저게 어떻게 절대자의 손에 있는지 알 수 없었다. 죽어가는 와중에도, 황제가 희미하게나마 미소를 지었다. 이제는 정말 죽어도 여한이 없겠다 싶었다. 마지막 가는 길이, 조금은 편해졌다.

한주혁이 물었다.

“이거 어떻게 쓰면 돼?”

5장
절대악의 예비 신부

“이거 어떻게 쓰면 돼?”

한주혁의 그 질문에 황제가 입을 열고 뻐끔뻐끔거렸다. 집중해서 들어봤지만 목소리가 들리지는 않았다. 공기만 빠져나왔다. 황제가 핏줄이 터질 만큼, 눈에 힘을 꽉 주고서 무어라 무어라 얘기를 했지만 그 말은 한주혁의 귀에 닿지 못했다. 결국 황제는 눈을 뜬 상태 그대로 사망했다.

“…….”

한주혁이 잠시 눈을 감았다. 그러고서 황제의 눈꺼풀을 닫아주었다.

“고인의 명복을 빕니다.”

에르페스의 황제. 만남과 동시에 이렇게 죽을 줄은 몰랐다. 황제도 몰랐을 것이고, 자신도 몰랐다.

하지만 이곳에서 많은 것을 알았다.

"역대 황제들이 꿈꿔왔던 것들을……."

한주혁이 황제의 시체를 향해 고개를 숙였다. 이것은 망자에 대한 마지막 예의였다.

"내가 이루어주겠다. 그러니 마음 편히 눈 감고, 저곳에서는 행복해라."

두반 백작은 눈물을 줄줄 흘리면서 바닥에 엎드렸다.

"황제 폐하!"

황제가 눈앞에서 죽었다. 완벽한 '친황파'는 아니었다 할지라도 황제의 죽음에 초연할 수는 없었다. 바닥에 엎드린 채. 두반 백작은 엉엉 울었다.

"눈뜬장님을 용서하옵소서."

황제가 이러한 상황이었다는 것을 전혀 몰랐다. 대공에게 놀아나는, 다소 힘없고 약한 황제라고 생각은 했었다. 그런데 역대 에르페스 황실이 대공이란 자에게 여태껏 유린당해 왔다고 한다.

"이 에르페스는…… 제가 바로 세우겠습니다."

에르페스의 정통성 자체가 묵살되었다. 에르페스의 정통성을 다시 세워야 한다. 현재의 에르페스는 가짜다. 옥새도 가짜. 황제도 꼭두각시.

두반 백작이 한주혁에게도 절을 올렸다.

"미약하지만 제가 돕겠습니다."

한주혁을 대하는 두반 백작의 태도가 완전히 달라졌다. 황제가 한주혁에게 어떻게 하는지, 똑똑히 봤기 때문이다. 황제는 마치 에르페스의 진짜 주인이 한주혁인 것처럼 행동했다.

황제의 죽음을 눈앞에서 바라봤다. 이대로 가만히 있을 수는 없다. 가만히 있는다는 것은 귀족으로서, 그리고 에르페스의 기득권으로서 있을 수 없는 일이다. 침묵하는 것은 창피하고 부끄러운 일이다. 그는 그렇게 생각했다.

두반 백작의 눈은 강한 열망으로 가득 차 있었다.

"에르페스를 바로 세우기 위하여."

"좋아."

한주혁이 고개를 끄덕였다. 충성 서약을 제안했다. 두반 백작은 거리낌 없이 '충성 서약'에 자신의 이름을 올렸다. 그사이 한주혁이 가만히 있지는 않았다.

'일단 여기서 나가야 돼.'

무려 '최상위 등급 명령'으로 설정되어 있는 공간이다. 과연 이곳을 어떻게 나가야 할 것인가.

'주어진 단서는 피. 옥새. 면책 특권.'

한주혁은 한 가지 사실에 집중했다.

'남겨진 시체.'

이곳은 올림푸스 세계다. 사람이 죽으면 잿더미가 된다. 그런데 지금은 아니다. 버젓이 황제의 시체가 남아 있다. 무언가 특별한 것이 있다는 것을 의미한다.

'구체적으로 구현된 피.'

황제가 여러 번 피를 토했다. 그 피가 아직도 남아 있다.

'피. 옥새.'

한주혁은 옥새의 바닥면에 황제의 피를 묻혔다. 마치 도장의 인주처럼 빨간색 끈적한 피가 옥새의 바닥에 묻었다. 그 순간, 옥새에서 번쩍! 하고 황금빛이 튀어나왔다.

-에르페스의 옥새가 주인의 피를 머금었습니다.

-'태초의 언약'에 의하여 에르페스의 옥새가 사용자를 감별합니다.

-태초의 언약에 위배되는 존재가 에르페스의 옥새를 사용하는 경우, 최상위 등급 명령에 의하여 소멸합니다.

황금빛이 한주혁을 집어삼켰다. 두반 백작이 황급히 한주혁을 잡으려 했다.

"이, 이게 무슨!"

두반 백작의 손은 한주혁의 몸에 닿지 않았다. 한주혁의 몸이 분명 보이기는 하는데, 마치 공기 같았다. 두반 백작의 손이 한주혁의 몸을 통과해 버렸다.

한주혁도 자신의 몸에서 이질감을 느꼈다.

'몸이 없어진 느낌인데?'

한주혁은 직감했다.

'옥새가……. 나를 시험하는 거야.'

이대로 가만히 있으면, 몸이 분해된 이후 정신도 분해될 것 같다.

'나는 이 비슷한 느낌을 받아본 적이 있다.'

이 느낌. 한주혁이 전에 사용했었던 '반쯤은 유령이 되는 마법'과 느낌이 유사했다. 그리고 그때의 한주혁과 지금의 한주혁은 다르다. 그때의 한주혁이 사용하는 파이어 볼과 지금의 한주혁이 사용하는 파이어 볼이 다른 것처럼. 이 마법도 마찬가지였다.

'반쯤은 유령이 되는 마법'을 사용했던 기억이 몸에 각인되어 있다. 유령이 되고 다시 또 원래의 신체로 되돌아오고. 유령이 되었다가 반대로 되돌아오는 그 과정을 떠올리면…….

'신체를 재구성할 수 있겠지.'

한주혁은 그리 어렵지 않게 몸이 분해되는 것을 막을 수 있었다. 이 모든 일이 불과 2초 만에 이루어졌다.

알림들이 이어졌다.

-절대자의 혈통을 확인합니다.

-대군주의 자격을 확인합니다.

-에르페스 메인 퀘스트의 유무를 확인합니다.

-에르페스 메인 퀘스트 '98번 에피소드' 클리어 유무를 확인합니다.

-98번 에피소드. '은밀한 만남'이 클리어되었습니다.

그리하여.

-시스템은 아서를 에르페스 옥새의 주인으로 인정합니다.
-칭호. '비운의 황제'가 생성되었습니다.
-칭호. '비운의 황제'는 가변 칭호입니다.
-칭호. '비운의 황제'는 상황에 따라 변화합니다.

한주혁은 시스템에 의해 에르페스 옥새의 주인으로 인정받았고, 또한 비운의 황제라는 칭호를 받았다.

'내 상황에 따라 달라지는 칭호인가.'

현재 칭호는 비운의 황제. 칭호 효과를 활성화시켰다.

<비운의 황제>

은밀한 세력에 의하여 모든 권리를 빼앗긴 황제. 순수한 혈통을 가지고 있고 에르페스 옥새의 주인으로 인정받았으나 그 어떠한 권리도 행사할 수 없다. 자신의 피를 활용하여 옥새를 사용할 수 있다. 현재는 정통성을 부인당하여 '반역도'로 지정된 상태.

칭호 효과에는 지금 자신이 어떤 상태에 처해 있는지도 비교적 자세하게 서술되어 있었다.

'어쨌든 이제 내 피로도 옥새를 사용할 수 있다는 거고.'

현재는.

'황제를 죽인 반역도로 선포되겠지.'

만약 이곳에서 살아 나간다면 말이다.

한주혁은 망설이지 않았다. 면책 특권에 옥새를 찍었다. 천세송이 받았던 면책 특권. 그리고 황제의 피가 묻은 옥새. 그 두 가지가 반응했다.

그것은 갈갈이 찢겨져 황금 가루가 되는가 싶더니, 이내 한주혁의 몸에 흡수되었다. 한주혁의 몸에서 은은한 황금빛이 새어 나왔다.

-'면책 특권'은 1회성 특권입니다. 사용하시겠습니까?

-'면책 특권'이 적용되었습니다.

-'면책 특권'에 '에르페스의 옥새' 효과가 추가되었습니다.

-특수 조건 만족으로 인하여, 역모의 공간에 새겨진 최상위 등급 명령이 소멸됩니다.

한주혁이 씨익 웃었다.

'최상위 등급 명령이 없어졌네?'

현재 이곳은 '황궁 응접실'과는 완전히 다른 필드로 분리되어 있다. 이곳은 '역모의 공간'이라 이름 붙은 곳이며 하나의 던전처럼 생각할 수 있다.

'던전쯤이야, 뭐.'

최상위 등급 명령으로 인한 탈출 불가 설정만 없으면 그리 어렵지 않다. 이 세상에 존재하는 그 어떤 보스 몬스터라도, 지금의 자신에게는 어려움을 주지는 못할 테니까.

한주혁이 듀벨의 몸을 탁탁 쳤다.

"괜찮아요?"

"아…… 아…… 아아!"

얼이 빠져 있던 듀벨은 정신을 차렸다. 저도 모르게 손을 들어 올렸다.

"황제 폐하! 만세! 만세! 만세!"

듀벨은 스스로 그렇게 외치고 나서야 정신을 차렸다.

'미쳤구나, 미쳤어.'

오늘 아침 출근할 때만 해도 이런 일은 상상조차 하지 못했다.

출근하고 봤더니 황제가 죽고 새 황제가 나타났다. 이 새 황제는 전 황제의 인정을 받았고 에르페스 옥새의 인정까지 받았는데, 아마 바깥세상에서는 역도로 몰려 있을 거다. 이 다이나믹한 일이 반나절도 안 되어 일어났다.

'나는 지금 뭘 보고 있는 거지?'

이해할 수 없었다. 너무나 큰일이 벌어졌다. 그런데 이런 상황에도 아무렇지도 않은 것처럼 보이는 적대악, 아니, 새로운 황제가 존경스러울 지경이었다.

'나는 그냥 닥치고……. 옆에 붙어 있어야겠다.'

생각해 보면.

'이거. 나 개국 공신쯤 되는 거 아냐?'

새로운 황제가 탄생하는 이 순간. 그 옆에 있으면 개국 공신이지 뭐. 이거. 잘만 되면 승진은 따 놓은 당상이다. 듀벨은 그렇게 생각하기로 했다.

"황제 폐하! 제가 아주 잘 모시겠습니다! 제가 이래 봬도 미로에서 탈출하는 것에는 자신이 있습니다요."

그러한 재능을 바탕으로 미로 정원과 입구를 관리해 오지 않았던가. 이쪽 재능이라면 에르페스 그 누구에게도 뒤지지 않는다고 자부한다.

"이곳을 빠져나갈 수 있는 방법을 곧바로 찾아보겠습니다!"

한주혁이 고개를 저었다.

"그럴 필요 없어요."

이 공간은 원래 최상위 등급 설정에 의하여 설계된 공간이다. 그런데 그 공간의 설정값이 파괴되었다.

"그럼 어떻게……?"

듀벨은 고개를 갸웃했다. 적대악의 표정을 보아하니 분명 방법이 있는 것 같기는 했다.

"이 공간 자체를 하나의 감옥으로 생각하면 편하겠죠."

"……예?"

하나의 감옥? 그렇게 생각한다면 생각할 수 있다. 이곳은 대공 태르민이 적대악을 가둘 수 있을 것이라 확신하고 있는 새로운 공간이니까.

"감옥이라면 탈옥하면 되잖아요?"

한주혁이 씨익 웃었다.

"뭐. 몇 번 치면 부서지겠지."

그의 손에는 절대자가 될 때의 열기에도 녹지 않고 버텨낸 아이템. 영웅의 장갑이 끼워져 있었다.

한세아가 그 자리에서 굳어졌다.

'오빠가…….'

캡슐에서 나오지 못하고 있다. 캡슐 안쪽과의 연락도 완전히 끊어졌다.

'이 현상은…….'

지금 중국과 러시아를 뜨겁게 달구고 있는 '실종'과 매우 유사한 형태 아닌가.

"설마. 이건 말도 안 돼."

일단 천세송을 불러 얘기를 나눴다.

"올림푸스 속에서도 연락이 안 돼."

귓말이 통하지 않는다. 황궁으로 갔다고 했는데. 그런데 연락이 끊겨 버렸다.

천세송이 한세아를 끌어안았다.

"언니. 침착해. 괜찮아. 우리 오빠. 믿자."

의외로 천세송은 침착했다. 너무 놀라 눈물을 터뜨린 한세아를 천세송이 달랬다. 천세송은 한세아의 등을 천천히 쓰다듬었다.

"괜찮아. 언니. 괜찮아. 오빠는 세잖아. 조금만 기다려 보자."

의연하게 말을 하는 천세송의 눈에도 눈물이 고였다.

아주 잠깐. 무서운 상상을 했다. 중국이나 러시아의 수많은 사람들처럼 정말로 실종이면 어떡하지? 나중에 캡슐 속에서 나쁜 모습으로 발견되면 어떡하지? 그 생각을 아주 잠깐 했을 뿐인데, 눈물이 새어 나왔다.

'그럴 리 없어.'

절대로 그럴 리 없다.

'오빠는 나를 두고 실종될 사람이 아니야.'

입술을 앙다물었다. 무조건 믿기로 했다. 지금은 그 수밖에 없었다.

"강재명 비서실장님이랑 얘기해 볼게."

한주혁의 연락이 끊어진 지금. 한주혁과 관련된 중대한 일을 처리할 수 있는 가장 큰 권한을 가진 사람이 자신이라는 것을 안다. 강재명에게 바로 전화를 걸었다.

-비서실장님. 잠시 통화 가능할까요?

-예. 말씀하십시오.

-오빠 방으로 올라와 주세요. 직접 얘기하려 합니다.

천세송은 강재명을 불렀고 상황에 대해 설명했다. 강재명은 뜻밖의 상황. 그러니까 실종 비슷한 상태에 빠지게 된 한주혁을 보고서 입을 열지 못했다.

"……."

이건 생각조차 못 했다. 절대악이 실종이라니. NPC들에게 당한 건가. 절대악이 없어지면? 그러면 이 세계도 끝이다. NPC들의 노예가 되는 건 정말로 시간문제일 터.

천세송이 계속해서 말했다.

"직접 눈으로 보셨으니 이해하셨을 거예요."

절대악의 예비 신부. 천세송의 말이 이어졌다. 그녀의 말을 듣는 강재명의 표정은 더없이 진지했다.

천세송의 말이 끝났을 때. 강재명은 그 자리에 서서 움직이지 못했다.

"……진심이십니까?"

서울 상암동 근처에 위치하고 있는 LZ연합 소유의 빌딩. 그곳을 강재명이 찾았다. 구본부와의 약속이 있어서다.

"연합장님. 천세송 씨는…… 예전의 천세송 씨가 아닙니다."

예전의 천세송. 그러니까 맨 처음 그녀를 만났을 때와는 완전히 달라졌다.

LZ연합의 연합장. 구본부가 물었다.

"무슨 뜻이지?"

"절대자가 자리를 비운 지금, 절대자의 권리를 대행하는 사람으로 보였습니다."

이제 겨우 20살이다. 20살짜리 여자에게서 그런 포스가 나올 줄은 몰랐다. 뭐랄까. 영부인이라고 해도 과언이 아닐 정도다.

'아니.'

대통령의 부인보다 훨씬 더 막강한 힘을 가진 사람이다. 겨우 20살에. 그 정도의 힘을 가지게 되었고, 그 힘을 '잘' 다룰 수 있었다. 적어도 강재명이 보는 천세송은 그랬다.

"아무래도……. 절대악의 실종 소식을 알리지 않을 방침입니다."

"NPC측에서 공작을 벌일 텐데?"

"그것도 예상하고 있었습니다."

"그런데?"

실종되지 않았다고 발표한다고 해서, 실종이 아닌 게 아니다. 시간이 지나면 밝혀질 일이다.

강재명이 대답했다.

"정확히 이렇게 말씀하셨습니다."

숨을 들이마신 뒤. 똑같이 재연했다.

"정말로 오빠가 돌아오지 못한다면, 이미 인류에게 가망은 없어요."

NPC들이 플레이어들과 같은 룰을 따른다면, 한국에 와서 마치 플레이어처럼 죽어도 되살아난다면?

그러면 답이 없어진다. 불사신과 싸우는 것과 다름없으니까. 더더군다나 현실은 올림푸스가 아니다. 무엇인가 부서지고 망가지면 복구되는 데 엄청난 시간이 걸린다. NPC들을 상대로 핵을 사용할 수도 없는 노릇 아닌가.

"그러니까 오빠가 돌아오지 못한다는 것은 가정하지 않기로 합니다."

가정해 봐야 어차피 의미 없으니까.

"저는 오빠가 돌아올 것이라는 것을 100퍼센트 확신해요. 오빠가 돌아오면 그에 맞추어 준비를 해야겠죠. 성명을 준비하세요. 혹시라도 실종을 주장하는 NPC가 있다면 그것을 정면으로 반박하고 현재 중요한 던전을 클리어 중이라고 말씀해 주세요……. 라고 말씀하셨습니다."

강재명은 그때의 천세송을 떠올리면서 다시 한번 감탄했다.

전 세계를 상대로 성명을 발표하라는 것인데, 흔들림이 하나 없었다. 절대악이 잠시 비운 자리를, 그녀가 훌륭하게 채우는 것 같은 그런 느낌이 들었었다.

'세계의 안주인이 될 자격이 충분한 것 같았어.'

그러한 사적인 감상은 둘째 치고, 천세송은 비교적 담담해 보였다. 눈에 눈물이 고여 있는 것으로 보아 천세송이 아주 평정심을 유지하고 있는 것은 아니었다. 그렇지만 절대악의 예비 신부로서. 또 세계의 이인자로서. 할 일을 놓치는 것도 아니었다.

"중국과 러시아의 구심점은 절대악입니다. 절대악의 실종 소식은 절대로 알려져서는 안 됩니다."

그렇지만.

"그것과는 별개로 저희는 NPC들과의 전쟁을 준비해야 합니다."

실종 소식은 알리지 않되, 준비는 해야만 한다.

"그것이 천세송 씨의 생각입니다."

"……."

구본부는 고개를 끄덕였다. 절대악이 돌아오지 않는 경우는 일단 생각하지 않는다. 생각해 봤자 의미가 없으니까.

죽지 않는 '불멸자'들을 상대로 어떻게 싸운단 말인가. 기본 능력치 자체가 다르다. 현대 무기들을 사용하기는 쉽지 않다.

'절대악이 돌아올 때까지.'

차분히 시간을 번다. NPC들에게 동요되지 않도록. 사기를 끌어내리지 않도록.

그러던 와중. 긴급 속보가 터져 나왔다. 태르민이라 짐작되는 이가 갑자기 워프를 통해 방송국에 모습을 드러냈고, 많은 이들을 살해했단다. 방송을 통해 공표했다. 인간들을 지배하겠다고. 지구의 인간들은 모두 노예화될 것이라고.

구본부가 인상을 찡그리며 소파에 앉았다.

"……일이 터져 버렸군."

"뿐만 아니라 절대악이 실종되었다고 발표했습니다. 시민들이 동요하고 있습니다."

그것뿐만이 아니었다.

"NPC들에게 충성을 맹세하는 자에 한해서는 꽤 큰 특혜를 준다고 발표했습니다. 지금 전 세계가 난리입니다."

벌써부터 NPC의 편에 서야 한다느니, 이제 인류에게 가망은 없다느니. 혼란이 야기되기 시작했다.

"그나마 다행인 것은 천세송 씨의 결단력이군요. 지금 바로 기자들을 부르겠습니다."

이미 반쯤 아내라고 할 수 있는 천세송의 허락이 떨어진 상태. 그래서 LZ연합과 강재명이 발 빠르게 움직일 수 있었다.

절대악의 실종 상태를 전면 부인하고서, 현재 절대악은 중요한 던전을 클리어 중이라고 설명했다. 정확히 언제가 될지는 모르지만 다시 모습을 드러낼 것이라고, 천세송이 직접 기자들 앞에서 얘기했다.

한편, 천세송은 자신의 방 의자에 앉아 한세아와 이야기를 나누었다.

"태르민이 정말로 큰 힘을 가지고 있다면…… 이곳을 찾아왔을 거야."

그래서 이인자라 할 수 있는 자신과 가족인 한세아를 죽이든, 인질로 삼든, 어떻게든 했을 거다.

"그런데 선전 포고만 하고 사라졌다는 건. 아직 그 힘이 온전치 않다는 뜻이겠지."

"……."

침대에 걸터앉아 눈물을 뚝뚝 흘리던 한세아가 고개를 들어 올렸다. 팔뚝으로 눈물을 닦아냈다.

'맞아.'

동생인 천세송이 저렇게 의젓하다. 자신보다 더 놀라면 놀랐지, 괜찮을 리 없는 세송이가 저렇게 침착하게 대처하고 있는데, 자신이 울고만 있을 수는 없다.

"우린 어떻게 하면 좋을까?"

"NPC들이 자유롭게 이 세상에 들어오지 못하는 것은 확실해. 그런데 태르민이 갑자기 모습을 드러내서 선전 포고를 한 것은……. 아마 우리끼리 내분을 일으키려고 한 것 같아."

그런데 그 계획은 일부 실패했다. NPC의 편을 드네 마네를 두고 싸우던 사람들이 '절대악 실종 사실 부인'이라는 대대적인 기사가 나기 시작하면서 오히려 통합되기 시작했다.

"오빠라는 구심점이 생각보다 훨씬 센 거 같아."

절대악이라는 그 세 글자는 물론 큰 힘을 가지고 있다. 천세송과 한세아도 그 사실을 잘 알고 있다. 그런데 알고 있던 것보다 훨씬 더 큰 힘이 있는 모양이었다.

천세송이 자리에서 일어섰다.

"올림푸스에 접속해 봐야겠어. 오빠랑 연락이 닿을 수도 있을 테니까."

기자 회견을 끝내고 나서 단 15분 만에, 천세송이 올림푸스에 접속했다.

한주혁이 귓말을 보냈다.

-시르티안. 혹시라도 태르민이 헛수작 부리지 않도록 해.

태르민은 아마 자신의 실종 소식을 대대적으로 홍보할 거다. 인간들끼리의 내분을 일으키려 들 수도 있다.

-장담하는데, 그놈 아직 바깥에서 그렇게 자유롭게 운신하지 못해.

그랬다면 자신을 먼저 찾아왔겠지. 그 정도는 당연히 아니다.

-그러니까 이쪽에서 개수작을 부렸겠지.

이제는 스킬의 개념도 아니다. 절대자로 거듭난 지금은 그저 원하는 모든 곳에 귓말을 보낼 수 있다. 시르티안의 답말을 듣지 못해 조금 답답하기는 했지만, 그래도 괜찮았다.

친구 목록에 알림이 떴다.

'어. 접속했네.'

천세송이 접속했다.

-세송아. 나 금방 여기서 나갈 테니까 놀라지 말고 있어. 5분 내로 갈 거야.

그 말을 들은 천세송은 그제야 펑펑 눈물을 터뜨렸다. 귓말을 보내보려 했지만 '귓말 전송이 불가한 지역입니다'라는 알림만이 들려왔다. 기자들 앞에서. 그리고 강재명 비서실장 앞에서 보였던 모습은 온데간데없이 사라지고 바닥에 철푸덕 주저앉았다.

'진짜……!'

안심이 됐다. 오빠가 금방 온다고 했다. 그러니까 정말 금방 올 거다.

올림푸스 내에서도 난리가 났다. 특히 가장 큰 변화는 '모르골 제국'에서 시작되었다.

모르골 제국은 대놓고 플레이어들을 적대시하기 시작했다. '플레이어 사냥 계획'을 공표했다. 그에 따라 중국은 플레이어들의 접속을 제한하기에 이르렀다.

모르골 제국의 대륙 단위 전체 퀘스트. '원주민과의 전쟁'은 위험했다. 그냥 사망하면 다행. 혹은 델리트당해도 그나마 다행이었다. 많은 사람들이 '실종'당했다. 실종당한 이들이 어떻게 되는지는 이미 유명해진 사실. 모든 구멍에서 피를 쏟으며 사망한다.

천세송이 시르티안의 집무실을 찾았다.

"모르골 제국에서는…… 아예 퀘스트 형식으로 플레이어 사냥이 시작됐어요."

"……예."

시르티안이 씁쓸한 표정을 지었다. 시르티안은 NPC와 플레이어를 딱히 구분하지 않는다. 둘 다 똑같이 사람으로 대한다.

그런데 태생이 다르다고 해서. 한쪽은 사냥을 하고, 또 한쪽은 사냥을 당해야만 한다니.

시르티안이 말했다.

"어쩌면…… 하고 우려했던 일이 실제로 벌어졌습니다. 에르페스도 언제 돌변할지 모릅니다."

아마도 에르페스와 모르골이 한 몸이라는 것을 감안하면, 언제 시작되어도 이상하지 않을 일이다.

"에르페스는 어째서 잠잠할까요?"

에르페스는 '플레이어 사냥' 대신에 다른 선택지를 꺼내 들었다.

"현재 에르페스는 적대악과 절대악을 동일 인물로 지목하였습니다."

그것을 발표했다.

"그리고 주군을 반역도로 지정하였으며 곧 처형할 예정이라고 발표했습니다."

그러한 발표를 통해 한국에 혼란을 야기할 계획인 것 같았다. 물론 이러한 발표만으로도 충분히 충격적이기는 하지만, 어쨌든 모르골 제국에 비해서는 상황이 많이 양호한 편이기는 했다.

"그러한 발표만이 있을 뿐. 본격적으로 움직이지 않고 있는 것은……. 눈엣가시라 할 수 있는 칸트가 아직도 버티고 있고, 또 스카이 데블의 후예가 활개 칠 수 있다고 생각하기 때문인 것 같습니다. 그래서 여러모로 위험 부담이 적은 모르골 쪽에서 시작한 것이겠지요."

어찌 보면 다행이라 할 수 있는 일이었다.

"주모님께서 발 빠르게 대처하신 덕분에 바깥 세계의 혼란이 많이 줄어든 것 같습니다."

절대악이라는 걸출한 영웅이 없었다면, 중국은 벌써 혼란의 도가니에 빠졌을지도 모를 일이다. 아니, 분명히 지금보다 훨씬 더 큰 혼란에 휩싸였을 거다.

천세송의 얼굴이 조금 붉어졌다. 오빠가 돌아오겠다고 말한 그 순간부터 원래의 천세송으로 돌아왔다. 오빠가 믿고 있는 심복인 시르티안에게 칭찬을 듣자 괜스레 부끄러웠다.

"뭔지는 모르겠지만 잘했어."

"……네?"

옆을 봤다. 믿을 수 없게도 옆에는 한주혁이 서 있었다. 워프 마스터 이주랑과 함께 이동한 모양이었다.

"오빠!"

천세송이 한주혁에게 와락 안겼다. 한주혁이 없을 때에는 당당한 이인자였는데, 한주혁 옆에 서자 어리광 많은 소녀처럼 변해 버렸다.

한주혁은 천세송의 머리를 슥슥 쓰다듬었다.

"미안해. 놀랐지?"

'역모의 공간'을 빠져나오는 것은 그리 어렵지 않았다. 한주혁의 의지가 '공간을 부수겠다'라고 마음먹는 순간, 모든 마나가 그렇게 움직였다. 그것이 지금. 절대자인 한주혁이 가지고 있는 힘이었다.

한주혁이 고개를 돌렸다. 목에서 우드득 소리가 났다.

"시르티안. 현재 상황 브리핑. 그리고 가장 급한 일부터 말해봐."

시르티안이 간단명료하게 상황을 정리했다. 지금 가장 급한 일은 중국을 도와주는 일이었다.

"중국이 구원을 원하고 있습니다. 인명 피해를 줄이기 위하여 중국 정부는 일시적으로 플레이어의 접속을 금지하고 있습니다."

임시방편이기는 하지만 일단은 그렇게 했다.

"모르골 NPC들이 플레이어들을 마구잡이로 사냥하고 있다. 이 말이지?"

한주혁이 고개를 끄덕였다.

"안 되겠네."

흑흑 연합의 로랑이 벌써부터 울상을 짓고 있는 모습이 떠올랐다. 마음고생 많이 하고 있을 거다. 밑에서는 자신을 쳐다보며 기대하지, 위에서는 쪼지.

한주혁이 귓말을 바로 보냈다.

-로랑 연합장님. 워프 마스터 워프 쿨타임만 끝나면 바로 갑니다. 조금만 기다리세요.

절대악이 모르골 제국으로 움직인다는 소식이 전 세계에 퍼졌다.

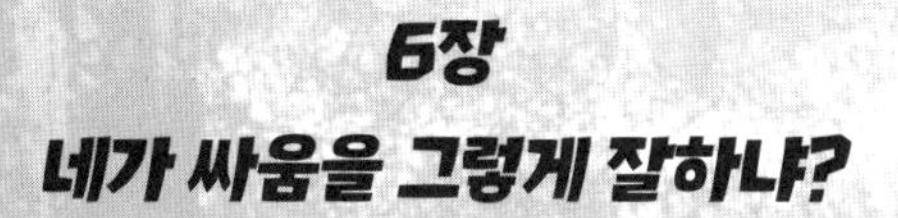

6장
네가 싸움을 그렇게 잘하냐?

강재명은 자신의 방 안에서 홀로 커피를 마시는 것을 즐겨한다.

늘 마시는 것은 차가운 아메리카노. 어두운 방 안에서 컴퓨터를 켜놓고, 커피를 마시며 인터넷 서핑을 즐긴다.

사실 그 누구에게도 밝힌 적 없지만 3충성에게 '고통찔레꽃'을 강요하던 네티즌 중 한 명이 강재명이기도 하다.

강재명은 아메리카노를 마셨다. 컴퓨터 화면이 반사된 그의 안경알이 녹색으로 빛났다.

"흐음……."

아무도 없는 방. 은밀한 공간. 턱을 매만졌다.

"역시……."

그는 술을 잘 못 마신다. 그래서 커피를 술처럼 마신다.

"크으!"

그는 연신 감탄했다. 절대악이 모르골로 움직인다는 소식이 전해지자, 중국 전체가 단결하고 있다.

"이런 게……."

커피를 내려놓았다. 안경을 고쳐 썼다. 컴퓨터 화면을 뚫어져라 쳐다보면서 입안의 아메리카노 맛을 음미했다.

꼴깍.

커피를 삼킨 뒤 중얼거렸다.

"국뽕인가."

올림푸스 매니아에서는 3층성이 또 논리적인 글들을 쏟아내고 있고 사람들은 그것에 열광하고 있다. 아마도 란돌이라 짐작되는 '곳간풍족자'와, 또 아마도 한세아라 짐작되는 '이오빠가내오빠다'도 활개치고 있다.

'절대악이 움직인다는 사실 하나만으로…….'

정말 많은 것이 변하고 있다. 폭락하던 중국 연합들의 주가가 다시 안정세를 찾기 시작했고, 희망이 보이기 시작했다.

강재명은 흔히들 말하는 '현자 타임'을 가진 채 멍하니 컴퓨터 화면을 응시했다. 이건 뭐랄까. 쾌락 이후에 찾아오는 현명함 같은 것과 비슷했다. 절대악을 보고 있으면, 절대악을 모시고 있으면 이런 느낌이 든다. 내가 모시는 사람이 이 정도구나. 내가 모시는 사람이 이정도 영향력을 행사할 수 있구나.

그리고 오늘 또 한 번 느꼈다.

'나는 이인자에 정말 잘 어울리는구나.'

일인자는 할 수 없다. 일인자는 한주혁 같은 사람이나 하는 거다. 자신에게 한주혁과 같은 힘이 주어진다면, 자신은 한주혁만큼 저 자리를 소화해 내지 못할 것이라 확신했다. 저 힘이 한주혁이라는 사람에게 있어서, 그래서 이렇게 과감하게 움직일 수 있는 것 같다. 모르골 제국과의 전쟁이라니. 몸이 부르르 떨려왔다.

"곳간풍족자도 엄청 흡족해하고 있는 것 같네."

그 말이 맞았다. 파이라 대륙의 왕자. 란돌도 지금 굉장히 흥분한 상태다. 강재명처럼 어둡고 은밀한 공간에 혼자 있는 건 아니었지만, 란돌은 또 란돌 나름대로 차를 음미하면서 종이 신문을 살폈다.

"역시 내 친구야."

절대악이 움직이자 세계가 움직인다. 그야말로 혼자서 세계를 움직이는 거인.

"내가 뭘 도울 수 있을까?"

그의 옆에서 시중드는 집사는 잠자코 왕자 옆에서 단정하게 섰다.

'왕자님께서…… 무슨 생각을 하고 계실까?'

저 기품. 저 태도. 한 차례 풍파를 이겨낸 파이라 대륙의 절대자. 과연 절대자답다고 느꼈다. 지금은 한국어로 중얼거리고 계시는데, 뭐라고 하는지 알 수는 없으나 대단한 기품과 고

풍스러움이 느껴졌다.

란돌이 진지한 얼굴로, 그렇지만 옅은 미소를 띤 채 한국어로 중얼거렸다.

"오지게 한번 생각해 보자."

'플레이어 사냥'이 이루어지고 있는 모르골 제국.

모르골 제국이 플레이어 사냥을 선포했다고 해서, 모든 NPC가 바로 플레이어와 적대하는 건 아니었다. 사실상 일반 백성이라 할 수 있는 NPC들은 아직 그러한 변화에 적응하지 못했다. 플레이어들을 숨겨주기도 했고, 또 제국의 정책에 반대하는 NPC들도 있었다.

로랑에게 보고가 올라갔다.

"대다수의 평범한 NPC들은 그냥 가만히 두고 보는 상황입니다."

백성들. 다시 말해 그냥 평범한 NPC들. 그들은 그냥 가만히 있다. 그들은 별로 힘이 없다.

"현재 문제가 되는 것은…… 장군급 NPC들이 이끄는 병력들입니다."

NPC들 중에 '장군급'이라고 따로 분류되는 NPC가 있는지, 처음 알았다. 그만큼 제국에 대해 모르는 것이 많았다. 또 그만큼 플레이어의 세계와 NPC의 세계는 분리되어 있었기도 했고.

현재 모르골 제국은 장군급 NPC들을 내보내 전쟁을 이끌고 있었는데.

"그중에서도 7급 NPC인 이스탁이 가장 큰 문제입니다."

사실 모두가 문제다. 7급에 속하는 장군급 NPC는 총 7명. 7명이 각자의 병력을 가지고 플레이어들의 영토를 침범하고 있다. 더 정확히 말하자면 사냥을 하고 있다. 마법병기와 강력한 NPC들을 앞세운 화력 앞에, 플레이어들은 수성조차 버거운 상황.

"이스탁……!"

로랑은 입술을 깨물었다. 7급 NPC 7명이 가장 문제가 되는데, 그중에서도 가장 악독한 이스탁이라는 놈이 플레이어들에게 공포감을 조성하고 있다.

"실제로 고통을 줄 수 있는 특별한 능력을 갖추고 있습니다."

그런데 그놈의 취미가 하필이면 고문이란다. 플레이어들을 잡아다가 고문시키는 것이 취미인데, 놈에게 걸리면 로그아웃도 제대로 할 수 없다고 알려졌다.

"캡슐 안에서 졸도해서 발견되는 플레이어들은 그나마 다행일 정도고……. 그 끔찍한 고통을 이기지 못해 그 안에서 사망하는 경우도 있습니다."

이제는 놀랍지도 않다. NPC들이 플레이어들을 죽이는 능력을 가졌다는 것이.

비교적 최근에 완성된 능력인 것 같기는 했는데, 어쨌거나 결론은 NPC들이 플레이어들을 죽일 수 있다는 거다.

"그 공포감이 저희 쪽 사기를 많이 떨어뜨리고 있습니다."

"그럴 수밖에."

올림푸스 세계와 현실 세계는 다르다. 올림푸스 세계에서는 고통도 크게 느껴지지 않는다. 특별한 설정값. 이를테면 '고통 찔레꽃' 같은 것이 아니라면, 보통은 그렇게 두려운 상황과 마주하지 않는다. 그런데 그러한 고통이 게임이 아니라 현실처럼 느껴진다면?

"평범한 사람들이 버텨내기 어렵겠지."

그들이 아무리 랭커라고 할지라도. 그래도 그건 어려웠다.

"예. 저희 쪽 사기가 말이 아닙니다. 벌써부터 제국에 충성을 맹세하여야 한다는 말들이 많습니다."

파이라 대륙에서 란돌을 일컬어 '친한파'라고 매도했었다.

"그들을 일컬어 친N파라 부르고 있습니다."

이제 중국에서는 '친N파'라 불리는 이들이 힘을 얻기 시작했다. NPC들에게 빌붙어서, 차라리 내 한 몸 잘 먹고 잘 살자는 주의가 중국 내부에서 슬금슬금 피어오르고 있는 중이다.

그때 누군가 헐레벌떡 뛰어왔다.

"이스탁이 또다시 융파성을 공격하기 시작했습니다! 성의 힘으로 버티고는 있으나 얼마나 버틸지 모르겠습니다. 그냥 철수할까요?"

진퇴양난이다. 플레이어가 다스리던 성들을 그냥 버리고 철수하기도 애매하고. 그렇다고 버티기에는 너무 위험하고.

'우리의 힘으로는…… 어떻게 할 수가 없다.'

융파성도 그렇게 오래 버티지는 못할 거다. 플레이어들의 성 수준이라고 해봐야 그렇게 뛰어난 편은 아니었으니까. 비록 7급에 불과한 장군급 NPC라지만 플레이어들도 함락시킬 수 있는 성을 NPC가 함락시키지 못할 리 없다.

"조금만 버텨."

"얼마나 버틸까요?"

"3분."

3분만 버텨보기로 했다.

"3분 버텨보고 안 되면…… 모두 로그아웃해."

로랑이 내릴 수 있는 최선의 조치는 절대악을 조금 기다려보는 것뿐이었다. 로랑은 초조한 상태로 절대악을 기다렸다.

그리고 2분 뒤. 절대악이 워프 마스터와 함께 모습을 드러냈다. 가장 위험한 NPC. '이스탁'이 공격하고 있는 융파성에.

이스탁. 그는 7급 장군급 NPC다. 장군급은 NPC들 중 최상위급 NPC다. 장군급 중에서는 말단의 7급이지만, 그래도 일단 장군급이라 함은 모르골 제국민 수억 명 중 상위 100명 안에는 들어간다는 소리니까.

그는 말 위에 앉은 상태로 코를 후볐다.

"이런 장난감 같은 성도 성이라고."

그의 뒤로는 손이 포박된 플레이어들 몇이 벌벌 떨면서 서 있었다. 이스탁은 융파성을 공격하는 것에는 크게 신경 쓰지 않았다. 플레이어들의 조잡한 성 따위. 시간만 조금 투자해서 공격하면 금방 빼앗을 수 있다. 그 안에 남아 있는 플레이어들은 물론 모두 장난감으로 쓸 것이고.

"어이."

이스탁은 뒤를 쳐다봤다. 눈이 마주친 플레이어 하나가 바들바들 떨면서 '네! 저는 바보입니다!'를 외쳤다. 이스탁이 만들어낸 룰이었다. 눈이 마주쳤을 때에는 무조건 '네! 저는 바보입니다!'를 외쳐야 했다. 그 목소리가 작으면 고문당한다. 그 목소리가 거슬려도 고문당한다. 자길 쳐다본 것이 아닌데 대답하면 또 고문당한다.

'겐지'라는 이름의 플레이어는 아차 싶었다.

'나…… 나를 본 게 아니었어.'

자신을 본 게 아니었다. 그런데 자신이 대답했다. 오줌이 찔끔 흘러나왔다. 앞서서 다른 플레이어들이 어떤 꼴을 당했는지 이미 봐왔기 때문이다. 이스탁이 헤벌쭉 웃었다.

"왜 네가 대답해?"

흐흐흐 웃으면서 이스탁은 말에서 내려 겐지에게 가까이 걸어갔다. 겐지의 귀를 잡자 그와 동시에 겐지가 으아아악! 비명을 토해냈다. 그 옆에 선 플레이어들은 그 비명을 들으며 공포에 떨어야만 했다.

NPC 병사들은 낄낄대고 웃었다.

"귀를 잡아 뜯으실 모양인데?"

"이번이 12개째인가?"

NPC 병사들은 이 상황이 즐거운 듯 보였다.

"고통을 못 느낀다는 건 이상하잖아. 다시 살아난다는 것도 이상하고. 남의 세계에 와서 저런 식의 특혜를 마음대로 누리는 건 곤란하지."

이스탁은 부하들이 떠드는 것을 방치했다. 이스탁도 같은 생각이다.

"너희같은 벌레들이 늘 거슬렸어."

불멸자라는 거창한 칭호를 가진 플레이어. 그들은 이 올림푸스 세계에 나타난 벌레들이었다. 이스탁은 그렇게 생각했다. 시스템의 도움을 얻어 급작스럽게 강해지는데, 그 한계가 턱없이 낮았다. NPC들의 수준으로 치면 겨우 중간이나 갈까.

"그런 주제에 감히 제국에 도발을 해?"

절대악인지 뭔지. 그런 놈 하나를 믿고 제국에 선전 포고를 했다나 뭐라나. 다른 대륙에서도 그런 일이 있다고 들었는데 어찌나 어처구니가 없던지.

"그러니까 이런 꼴을 당하는 거야."

절대악? 그게 뭔데? 그냥 그래 봤자 플레이어 나부랭이 하나 아닌가. 아예 자신의 눈앞에 나타나 주면 좋겠다. 잘근잘근 씹어 먹어줄 테니.

"귀 하나. 겟!"

주인을 잃은 귀 하나가 땅바닥에 나뒹굴었다. 겐지는 귀를 잃었다. 비명도 참았다. 더 이상 비명을 질렀다가는, 또 다른 귀도 잘릴 수 있다. 잘못하면 코도 잘린다. 현실과 똑같은 고통, 아니, 그보다 더 무서운 고통이 그의 몸을 파고들었다.

그 와중에도 그는 삶을 소원했다.

'사, 살고 싶어.'

그의 집에는 그를 기다리는 아내가 있다. 임신 3주차가 된 아내. 결혼한 지는 이제 겨우 2개월 됐다. 자신이 실종 상태라는 것을, 지금쯤은 알았을 거다.

'죽으면 안 돼.'

어떻게든 살고 싶었다. 귀가 뜯겨져 나가고 코가 베어져도. 살고 싶었다.

'제기랄.'

집에서 기다리고 있는 아내에게 돌아가야 했다. 배 속의 아기. '뿅뿅이'라는 태명을 가진 그 아이에게 아빠 돌아왔다고 얘기도 해야 했다.

'그런데 어떻게……!'

도무지 방법이 보이지 않았다. 이미 눈앞에서 12명이 죽는 걸 봤다. 13번째는 자신이 될 가능성이 매우 높았다.

이스탁은 머리를 긁적거리면서 고민했다.

"이 장난감은 어떻게 가지고 놀까?"

흐흐, 하고 웃으면서 말을 이었다.

"끓는 기름에 팔만 좀 튀겨볼까?"

겐지의 눈앞이 어두워졌다. 아득해지는 기분이었다. 이스탁이 '해볼까?'라고 말을 하는 것은 곧 '하겠다'라는 의미였다. 입술을 깨물었다. 바닥에 넙죽 엎드렸다. 손을 싹싹 빌었다.

"제발, 제발 살려주세요."

손을 빌고 또 빌었다. 아내에게 돌아가야 했다. 지금의 수치 따위는 아무것도 아니다.

"임신한 지 겨우 3주 된 아내가 있습니다. 살려만 주시면 뭐든지 다 하겠습니다."

"그으래?"

이스탁이 눈을 가늘게 떴다. 이게 바로 쾌감이다. 플레이어 같은 벌레들은 이렇게 빌어야 한다. 빌어도 어차피 살려줄 생각은 없다. 장난감은 가지고 놀다 보면 부서지게 마련이니까.

"그 아내를 데려와. 얼굴을 보고 예쁘면 내 노리개로 삼아주지. 그러면 너는 살려줄게."

그런데 그때 목소리가 들려왔다.

한주혁이 말했다.

"똥 싸는 소리하고 앉았네."

이스탁의 말. 그러니까 아내를 데려와라. 노리개로 삼겠다. 이런 말은 결혼을 앞둔 예비 유부남인 한주혁의 심기를 제대로 긁어놨다.

이스탁이 신경질적으로 뒤를 돌아봤다. 머리가 상당히 크고 상체와 하체의 비율이 대략 일대일쯤 되는 그는 마치 만화 속 캐릭터 같았다. 과장을 좀 보태자면 거의 3등신 정도 되는 몸매의 소유자인 이스탁의 코에서 콧김이 뿜어져 나왔다.

"나한테 한 말이냐?"

그러고 보니 생김새가 어디서 본 것 같다.

플레이어들의 눈에 희망이 싹트기 시작했다.

'절대악이다!'

겐지도 절대악을 봤다. 한쪽 귀를 잃은 고통도 잠시 잊었다.

"절대악님!"

이스탁도 그 말을 들었다. 절대악? 에르페스 제국에서 그 난리를 피우고 있다는 절대악?

"호오라. 네놈이 절대악이냐?"

7급 장군 이스탁이 씨익 웃었다.

"안 그래도 네놈을 보고 싶었다. 네놈도 고문하면 비명을 내뱉겠지?"

한주혁은 어이가 없어 이스탁을 쳐다봤다.

'뭐야, 이거?'

7급 장군급이라 해서 약간 기대하고 왔는데.

'저 정도면 황궁 기사 카일보다 조금 나은 정도…… 같은데.'

아주 오래전. 황궁 기사 카일이라는 놈이 나타나서 한주혁에게 시비를 걸었던 적이 있다. 당연히 한주혁에게는 상대가 안 됐었고.

'7급이라길래 좀 뭔가 있을 줄 알았는데.'

절대자가 되기 전에도 편하게 상대했었는데, 절대자가 된 지금은 두말할 필요도 없다.

"왜? 나 고문하게?"

"벌써부터 공포에 질린 거냐?"

이스탁은 쯔쯧, 하면서 혀를 내둘렀다.

"그래도 플레이어 놈들 중에는 최강이라기에 어느 정도는 기대했건만."

한주혁이 목덜미를 긁었다.

"솔직히 말해봐. 너 병 있지? 과대망상증 같은."

한주혁은 진지하게 궁금했다. 어딜 봐서 자신이 겁을 먹었다는 건지. 아무래도 이놈은 자신이 보고 싶은 대로 세상을 보고, 듣고 싶은 대로 듣는 것 같다.

"너무 무서워서 이성을 상실한 것이냐?"

이스탁이 청룡언월도를 들어 올렸다. 꽤 큰 크기의 무기였는데 이스탁은 그것을 자유자재로 사용하는 듯했다.

이스탁이 말 위에 올라탔다.

"잘 훈련된 기병 한 명은 보병 수백 명을 상대할 수 있다."

"……."

말 위에 올라탄 이스탁은 자신감이 넘치는 듯했다.

"내 기백에 놀라 이제는 아무 말도 못 하게 된 것이냐?"

"……."

한주혁은 아무 말도 하지 않았다.

"쳇. 재미없군. 이런 등신을 기대했던 내 스스로가 안타깝구나. 너는 특별히 살갗을 벗겨 소금에 절여주마."

한주혁이 어깨를 으쓱했다. 그러고서 주변을 한번 둘러봤다.

'아직 아니야.'

한주혁은 이스탁을 일부러 공격하지 않고 있다. 공격하려고 했으면 이미 저놈은 죽어 있을 거다.

'초반 임팩트가 중요해.'

임팩트라는 건 의외로 굉장히 중요한 비중을 차지한다. 모르골 제국과의 전쟁이 하루 이틀에 끝나지는 않을 거다. 자신이 강한 건 맞지만 그렇다고 혼자서 모든 제국민들을 죽여 버릴 수도 없는 것 아닌가.

'세간의 집중이 조금 더 필요하겠지.'

플레이어들에게 희망을 줘야 한다. 안 그래도 '친N파'가 모습을 드러내며 NPC들에게 빌붙어야 한다는 여론이 슬금슬금 피어오르는 지금. 확실한 희망을 심어줄 필요가 있었다.

한주혁이 씨익 웃었다. 이스탁을 자극하는 것도 잊지 않았다.

"계속 지껄여 봐. 꽒뚱아."

전 세계가 모르골에 집중했다. 가장 소식이 빠른 것은 역시 올림푸스 유저들이 모두 사용한다고 해도 과언이 아닌 '올림푸스 매니아'와 절대악의 지원을 받은 'JTBN'. 그리고 자신의 목숨을 아끼지 않고 미리부터 모르골 제국으로 넘어가 대기하고 있던 BJ '핵초리'의 개인 채널이었다.

올림푸스 매니아에서는 3충성이 또다시 분석 글을 써 올리며 화제가 됐다.

-절대악의 성장은 가히 상상을 초월할 정도라 생각할 수 있음. 미치지 않고서야 7급 장군이 이끄는 병력에 혼자서 갔을 리 없음. 우리가 여태까지 봐왔던 절대악은 결코 무모하지 않음. 철저하게 계산하여 승리할 수 있는 상황에. 그리고 철저하게 계획된 타이밍에 모습을 드러냈음.

제아무리 모르골의 7급 장군이라 할지라도, 절대악에게는 상대가 되지 않는다는 것이 주요 골자였다.

댓글이 실시간으로 달리기 시작했다. 달리는 수준이 아니라 아예 폭주했다.

-그래도 상대는 7급 NPC임.

-우리는 장군급 NPC가 있다는 사실도 이제 처음 알았음.

-설령 장군을 이긴다 할지라도, 그 뒤를 든든히 받치고 있는 5,000의 병력은 어떡할 거?

부정적인 의견이 있으면 또 긍정적인 의견이 있게 마련이었다. 그래도 절대악은 여태껏 모든 상식을 파괴해 가며 이 자리에 섰다. 이번에도 마찬가지로, 기적을 일궈낼 것이라는 의견도 많았다.

두 의견의 대립을 보며 3충성은 가슴을 탕탕 쳤다.

"아니. 이 미친놈들아. 절대악이 예전의 절대악인 줄 아나."

3충성이 비장의 카드를 꺼내 들었다.

-절대악이 7급 장군을 아주 쉽게 제압한다는 것에 고통찔레꽃 다섯 송이 삼키는 것을 걸겠음.

이제 자신도 과거의 '충성충성충성'이 아니다. 이제는 절대악을 좀 더 객관적으로 볼 줄 안다. 이번에는 고통찔레꽃의 고통에서 완전히 벗어날 수 있을 것이다.

한편, BJ로 활동하고 있는 핵초리는 늘어나는 시청자 수에 탄성을 내뱉었다.

'오오……!'

좋아도 너무 좋다. 이번에도 운이 좋았다.

'운도 실력이 있어야 잡는 법!'

그는 가장 악독한 장군이라 알려진 이스탁이 공격하리라 짐작되는 '융파성'에서 이미 절대악을 기다리고 있었다. 만약 절대악이 오지 않으면 로그아웃한 뒤 영영 들어오지 않겠다고 다짐하고서 그렇게 했다.

그 도박은 통했다. 많은 기자들이 참여하지 못했다. 이곳은 너무 위험하니까.

'저 사람은…… JTBN의 다본다 기자인가?'

손석기를 제외하고, JTBN의 에이스라 할 수 있는 이상호(다본다) 기자가 이곳으로 파견되었다.

어쨌든 핵초리는 생방송을 이어갔다. 시청자 수는 벌써 5만에 육박했다.

'돈방석에 앉는다!'

그는 '절대악의 법칙'을 믿었다. 절대악의 뒤꽁무니만 따라다녀도 중소연합 연합장 정도는 번다는 법칙.

-절대악이 이스탁과 대치하고 있습니다!

정확히 무어라 대화를 나누는지 모르겠지만, 절대악의 등장으로 인하여 전투는 잠시 소강상태.

이상호 기자도 드론을 띄우며 상황을 중계하기 시작했다. 핵초리의 개인 채널은 물론이고, JTBN 채널에도 접속자들이 폭주했다. 전 세계적으로 시청자가 10억에 가까워졌다. 그만큼 이번 모르골 제국과 플레이어의 전쟁은 가히 전 지구적 이

슈라 할 수 있었다.

-진짜 맞붙었네.

-장군급 NPC랑 플레이어랑 싸우게 되다니.

-여기서 절대악이 패배하면 진짜로 인류 멸망 각 아닌가?

절대악이 패배하게 되면 인류는 정말로 어떻게 될지 모른다. 한국, 중국, 러시아를 필두로 하여 플레이어 정복 야욕을 드러내고 있다. 다른 제국이 그러지 말라는 법 없다.

-제발, 절대악이 이겼으면.

-인터넷 논객 3충성은 절대악의 압승을 예상했음.

-3충성은 잘 가다가 맨날 마지막에서 다 틀리잖아.

3충성은 항상 마지막 순간에 망해왔다.

-그래서 맨날 결국 고통찔레꽃으로 고통받잖아.

그런데 이번에도 3충성이 고통찔레꽃 내기를 걸었다.

-슈발, 망한 거 아니냐? 걔가 고통찔레꽃 걸면 항상 반대로 가던데.

JTBN의 다본다 기자. 그리고 BJ 핵초리와 세계에서 파견한 기자들(목숨을 담보로 한)이 영상을 열심히 송출했다.

이스탁이 한껏 거드름을 피우며 말했다.

"얘들아! 이놈. 손 좀 봐줘라."

문득 생각난 듯 말을 덧붙였다.

"죽이지는 말고. 새로운 장난감으로 삼아야겠으니."

그러자 이스탁을 호위하고 있던 수십 명의 병사들이 한주혁을 둘러싸고 원을 만들기 시작했다.

한주혁은 여유롭게 상황을 지켜봤다. 이스탁이 보기에는 한주혁이 질려서 아무것도 못 하는 것처럼 보였다.

게걸스럽게 웃었다.

"우헤헤헤헤! 네 가죽을 벗기고 싶어서 손발이 근질근질하구나!"

한주혁은 하늘에 떠 있는 드론을 살폈다. 이상호 기자의 드론이다.

'음성도 충분히 전달되겠네.'

좋다. 전 세계에 송출 준비는 다 된 것 같다.

"네가 싸움을 그렇게 잘하냐?"

한주혁은 마나를 일으켰다. 한주혁이 무엇인가를 하려는 것을 눈치챈 NPC 수십 명이 창을 길게 빼 들고서 한주혁을 향해 전진했다.

한주혁의 몸에서 변화가 생기자 이스탁은 흡족한 듯했다.

"그럼 그럼. 사냥감이 좀 날뛰어줘야 재미있지. 잡아라. 얘들아."

수십 명의 병사들이 한주혁을 둘러싸고 창을 겨눈 상태. 그리고 그 뒤의 병사들이 한주혁을 향해 올가미를 던졌다.

융파성 벽 위에서 상황을 전송하던 기자들이 탄식을 내뱉었다.

-오, 올가미가 절대악을 감쌌습니다.

-수십 개의 올가미가 절대악을 묶었습니다.

겉으로 보기에 절대악은 아무런 저항도 하지 못하는 것처럼 보였다. 수십 개의 올가미. 그것도 특수한 마법 처리가 된 올가미는 굉장히 강력해 보였고, 절대악이 빠져나갈 틈은 전혀 보이지 않았으니까.

한주혁이 고개를 숙였다. 올가미들을 쳐다봤다.

'음.'

생각해 봤다.

'어떻게 하면 가장 임팩트 있을까?'

조절을 잘해야 한다. 세계인들에게 희망을 주고, NPC들에게는 경각심을 불러일으켜야 한다. 그런데 또 너무 강력한 힘을 보여주면, NPC들이 또 너무 지나치게 대비를 할 거다. 그 중간 어디쯤. 임팩트 있으면서 어느 정도는 방심을 불러일으킬 수 있을 정도의 수준. 그 정도의 힘이 딱 좋다.

'가장 큰 임팩트는…….'

이곳에 몰려 있는 병사들 수십만을 한꺼번에 죽이는 거다. 지금 당장에라도, 마음만 먹으면 그렇게 할 수 있다. 다만 그렇게 하지 않을 뿐.

고민하는 그 모습이, 이스탁의 눈에는 저항을 포기한 것처럼 보였다.

"마법력이 너무 세서 움직이지 못하겠냐? 뭔가 하려는 것처럼 보이더니. 아주 속 빈 강정이로구나."

한주혁이 고개를 들었다.

"결정했다."

다시 한번. 드론의 위치를 확인했다. 이 정도 앵글이면 딱 좋은 것 같다. 한주혁이 주변을 한 번 훑어봤다.

그와 동시에, 올가미를 붙잡고 있던 병사들이 비명을 질렀다.

"어어억!"

한주혁을 포박하고 있던 줄이 갈가리 찢겨져 나갔다.

쿨럭!

병사들 수십이 한꺼번에 그 자리에서 피를 토했다. 죽지는 않았다. 피를 토하며 무릎을 꿇었다.

"잘 들어."

씨익 웃었다. 한주혁이 미소 짓자, 한주혁을 겨누고 있던 창들이 일시에 박살 났다. 그리고 창을 쥐고 있던 모두의 갑옷이 예리한 무엇인가에 잘린 것처럼 잘려 나갔다.

텅! 텅!

두 동강 난 갑옷들이 땅에 떨어졌다.

한주혁의 말은 크지 않았지만, 이곳에 모인 모두에게 똑똑히 전달됐다.

"살고 싶으면 꿇어."

연출은 적당히 된 것 같다.

"너 빼고."

한주혁이 손가락으로 이스탁을 가리켰다. 무엇이 벌어졌는지. 이상호 기자의 드론은 제대로 잡아내지 못했다. 손석기로부터 사사받은 '초속 촬영 기법'도 이 장면을 포착하지 못했다.

한주혁이 손가락으로 이스탁을 가리켰을 때, 이스탁은 이미 검은 잿더미로 변해 있었다. 턱! 하고 쳤더니 억! 하고 죽었더라, 와 같은 말도 안 되는 것 같은 말이 실제로 벌어졌다.

심지어 실제로 치지도 않았다. 그냥 보기만 했는데 죽어버렸다. 3층성의 '마지막 말'이 처음으로 적중했다.

믿을 수 없는 광경에 병사들은 침묵했다. 수천의 병사들이 움찔했다. 한주혁 혼자서 그들의 모든 기세를 압도했다.

한주혁이 주변을 둘러봤다.

"다음은 누구냐?"

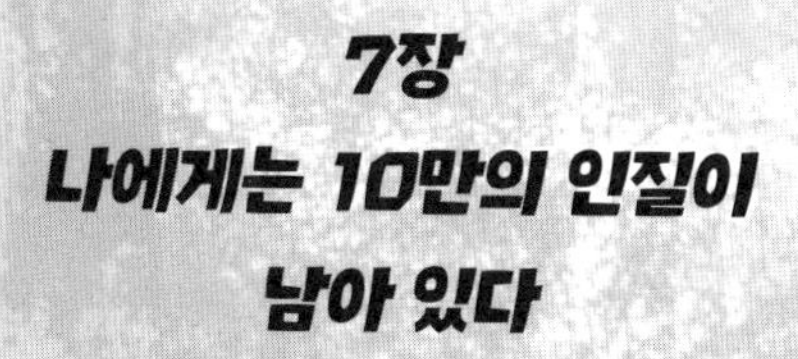

7장
나에게는 10만의 인질이 남아 있다

"다음은 누구냐?"

순식간에 모든 사람들이 침묵했다. 콜록거리던 기침 소리도 들리지 않았다. 수많은 사람들이 모여 있건만, 믿을 수 없는 현실 앞에 그 누구도 목소리를 내지 못했다.

위잉- 위잉-!

이상호 기자의 마법 드론만이 프로펠러를 열심히 돌리며 현재의 상황을 전 세계에 송출했다.

핵초리의 개인 채널과 올림푸스 매니아의 JTBN 채널을 동시에 시청하고 있는 충성충성충성의 타자 속도가 빨라졌다.

타닥. 타닥. 타닥.

대단히 빠르게 움직이는 그의 손은 모니터에 이런 글자를 새겼다.

-지렸다. 진짜로.

그냥 말로만 하는 표현이 아니었다. 3층성의 팬티가 아주 조금 축축해졌다. 그런데 그는 부끄럽지 않았다. 이건 지극히 자연스러운 생리 현상이었다.

순식간에 글들이 리젠되었다.

-나도 지렸다.

바다 건너. 란돌 왕자는 찻잔을 손에 든 채 아무 말도 하지 못했다.

그는 새로운 깨달음을 얻을 수 있었다.

"이것이 지렸다라는 표현의 어원이로구나."

물론 그가 3층성처럼 실제로 요실하지는 않았지만 이 느낌이 어떤 느낌인지는 알 것 같았다.

'시선만으로 7급 장군을 잿더미로 만들고…… 수천 대군을 침묵시켰다.'

일반 NPC들도 아니다. 플레이어들은 접해보지 못했던, 장군급 NPC가 이끌던 병사들이다. 그러한 병사들이 전쟁 가운데 침묵하고 있다. 단 한 명의 플레이어에 의해서.

NPC들 중 그나마 정신을 가장 빨리 차린 것은 이스탁의 최측근이라 할 수 있는 '엘픈'이었다. '엘픈'은 기마술이 뛰어나고 두 자루의 장창을 잘 다루는, 이스탁이 총애하던 부관이었다.

"무슨 사특한 짓을 벌인 것이냐……!"

그리고 주위를 둘러보며 크게 외쳤다.

"정신 차려라! 이스탁 장군께서는 비겁한 술수에 빠지셨을 뿐이다! 장군의 특권으로 인하여 곧 부활하실 것이니 겁먹을 것 없다!"

한주혁이 고개를 끄덕였다.

'그래. 이렇게 나와야지.'

이제 이런 것도 익숙하다. 사람이든, NPC든. 믿을 수 없는 상황과 마주하면 보통 저런 반응을 보인다.

'이스탁도 부활을 하긴 하나 보네.'

고위급 NPC들 중 부활 권능을 가진 NPC들이 있다는 것은 이미 알고 있었다.

"사특한 짓?"

한주혁이 씨익 웃었다. 병사들이 사기를 되찾고 있다. 저들이 생각하기에 이것은 '사기' 혹은 '사술'이었다. 비겁한 방법으로 이스탁을 급습하여 죽였다고 생각하고 있을 것이다.

"꿇으라 했다."

그와 동시에 엘픈의 양팔이 잘려 나갔다. 피는 나오지 않았다. 다만, 양팔이 뚝뚝 떨어져 내렸다. 마치 조립되어 있는 팔을 떼어낸 것 같았다.

전 세계 시청자들은 경악했다.

-지금 저건 뭐임?

-왜 쳐다보기만 하면 저렇게 되지?

-저건 무슨 스킬임?

-저런 스킬이 있음?

시청자들은 놀랄 수밖에 없었다. H/P를 떨어뜨리는 것이 아니라, NPC의 팔을 잘라냈다. 이건 시스템의 설정값에 직접적으로 간섭하는 행위다. 그도 아니면 절대악이 NPC와 마찬가지로 '시스템을 이용한 공격'이 아닌 'NPC와 동일한 방법으로 공격'을 하고 있다는 얘기가 된다.

3충성이 열변을 토했다.

-이건 스킬이 아님. 스킬이 아니라 절대악 본신의 능력임. 이미 플레이어의 능력을 한참 초월해서 NPC의 능력까지 손에 넣은 것이라 할 수 있음.

엘픈은 순간 머리가 멍해졌다.

'뭐지?'

뭔가 이상한 느낌이 들었다. 뭐랄까. 양쪽 어깨에 바람이 들어오는 것 같은 그런 느낌이랄까. 묘한 기분이었다.

"응?"

그리고 발견할 수 있었다. 땅바닥에 떨어져 꿈틀거리는 자신의 팔을.

"이…… 이 개자식이……!"

그의 눈이 시뻘겋게 달아올랐다. 크게 고통을 느끼지 못하는 듯했다. 말 위에 앉은 그는 오로지 다리 힘만으로 말 위에서 균형을 잡으면서 크게 외쳤다.

"지금부터 우리는 대 악마진을 펼친다!"

한주혁은 여유롭게 상황을 지켜보기만 했다. 여유롭지 않을 이유가 없었다.

'기마대라.'

익숙하다. 이미 광휘의 성좌 채순덕을 통해 겪어봤고, 한주혁은 '토러스 기병대'라는 걸출한 기병대까지 소유하고 있다.

'또 특수한 설정을 걸려나?'

한주혁은 조급해하지 않았다. 저쪽이 많은 것을 보이면 보일수록 이쪽에 유리하다. 이쪽은 그만큼 많은 것을 보여줄 수 있을 테니까. 전 세계의 이목이 집중된 지금. 자신이 원하는 연출을 해낼 수 있을 테니까.

알림이 들려왔다.

-대(對) 악마진 '듀피아셀'이 발동됩니다.

말을 탄 병사들이 한주혁을 둘러쌌다. 그들은 마치 컴퓨터

처럼 정교한 동작으로 몇 발자국 뒤로 물러섰다. 말들 사이로 보병들이 기다란 창을 가지고 파고들었다.

-듀피아셀의 권역이 선포됩니다.

병사들 각각의 발밑에서 푸른색 마나가 일렁거렸다. 일렁거리던 마나는 이내 줄기가 되어 한주혁을 향해 뻗어 나갔다. 그것은 마치 거미줄처럼 한주혁을 덮쳤다.

-'듀피아셀'의 권능에 의하여 특수한 공격 설정이 선포됩니다.
-'듀피아셀'의 권역 내에서는 오로지 '기병'만이 움직일 수 있습니다.
-'듀피아셀'의 권역 내에서 '보병'의 방어력이 80퍼센트 급감합니다.
-'듀피아셀'의 권역 내에서 '보병'의 움직임이 심각하게 둔화됩니다.

한주혁의 몸을 무엇인가가 내리누르는 느낌이 들었다.
두 팔을 잃은 엘픈이 쿡쿡대고 웃었다.
"네가 뭘 믿고 그렇게 여유를 부리는 건지 모르겠다만."
그의 눈빛에는 살기가 가득했다. 눈빛만으로 한주혁을 씹어 먹을 것만 같았다.

"듀피아셀이 선포된 이상. 네놈은 끝이다."

수많은 진 중에서 듀피아셀을 선택한 것은 옳았다. 저놈은 어쩐 일인지 움직임이 크지 않았다. 시선만으로 사람을 죽이는 특별한 능력이 있지만, 그 능력을 사용하기 위해서는 움직임을 크게 하지 못하는 모양이었다.

"네놈의 능력은 이미 모두 간파했다."

만약 놈에게 여유가 있었다면? 저놈이 허세를 부리는 것만큼, 정말로 저놈에게 큰 힘이 있었다면?

"이미 우리를 공격하고도 남았겠지."

그런데 저놈은 그냥 가만히 있기만 했다. '꿇으라 했다' 등의 경고를 했지만 실제로 움직이지는 않았다.

엘픈이 계속해서 말했다. 플레이어 따위에게 당할 수는 없다. 아군의 사기도 끌어 올려야 했다. 이럴 때 병사들의 사기를 이끌어내는 것이야말로 자신의 본분 아니겠는가.

"네놈은 이스탁 장군님을 공격했을 때 많은 힘을 소모했을 것이 틀림없다."

"……."

푸른색 마나 실로 꽁꽁 묶인 한주혁은 아무 대답도 하지 않았다.

"그 증거가 바로 나다."

이스탁 장군님은 한 번에 절명시켰다. 그런데 자신은 어깨를 잘랐다. 죽일 수 있었다면 죽였을 텐데. 그러지 못했다. 엘픈은 그 사실을 짚고 있는 것이다.

병사들은 그 말에 힘을 얻었다.

"그래. 엘픈 부관님의 말이 맞다."

"괜히 쫄 필요 없었잖아?"

병사들이 동요하기 시작했다. 아까의 침묵은 이미 잊었다. 그들의 기세가 높아졌다. 엘픈 부관의 말이 맞지 않는가. 들으면 들을수록 옳은 말이다.

그제서야 한주혁이 입을 열었다. 오른손을 들어 올렸다.

"지금부터 다섯을 셀 거야."

손가락 다섯 개를 폈다.

"다섯 안에 무릎을 꿇는 놈만 살린다."

한편, 이상호 기자에게는 귓말을 보냈다.

-다본다 님. 드론을 최대한 높이 띄우세요. 가능하면 이쪽 필드 전체를 담을 수 있도록.

"다섯."

엘픈이 기가 찬 듯 헛웃음을 지었다.

"기마대. 전진."

한 발자국 한 발자국. 듀피아셀 진을 만들어낸 기마병들이 앞으로 움직이기 시작했다. 말들의 움직임은 굉장히 정교했다. 오랫동안 훈련받은 정규군 같았다.

"넷."

그 순간. 엘픈은 무엇인가 잘못되었음을 느꼈다.

'듀피아셀의 권역 내에서는…… 움직일 수 없을 텐데.'

말을 하는 것도 힘들다. 움직이는 것은 더더욱 불가능하다. 듀피아셀의 설정값이 그렇다. 그런데 어떻게 손가락을 저렇게 자유롭게 움직이지?

"셋."

기마병들이 계속해서 전진했다. 한주혁을 둘러싼 창들이 가까워졌다. 기마병들의 창끝이 푸른색으로 물들었다.

"둘."

엘픈은 위험하다는 것을 직감했다. 이거, 뭔가 있다. 저놈이 사특한 술수를 부리고 있다고 생각했는데 아무래도 아닌 것 같다. 듀피아셀의 권역 속에서 저놈은 너무나 자유로웠다.

'말을 하는 것조차 큰 힘을 써야 하는 공간인데…….'

"하나."

그때. 엘픈은 한주혁을 눈을 봤다.

'헉……!'

엘픈은 한주혁의 눈동자에서 깊은 여유를 읽었다. 여유와 살기가 가득했다. 엘픈은 저 눈동자가 포식자의 눈동자 같다고 느꼈다.

'죽는다……!'

엘픈은 황급히 말에서 뛰어내렸다. 앞뒤 생각할 것 없이 무릎을 꿇었다.

'미친!'

그와 동시에 도저히 믿을 수 없는 일이 벌어졌다. 무릎을 꿇은 엘픈이 주변을 아주 조심스레 둘러봤다. 눈치 빠른 NPC들은 이미 무릎을 꿇고 있는 상태. 그렇지 않은 NPC들은 세상에 더 이상 존재하지 않았다.

키에에에엑!

저만치 하늘 위에서는 절대악의 상징, 꼬꼬의 울음소리가 들려왔다.

황금빛 태양 사이로 꼬꼬가 모습을 드러냈다. 그 모습은 마치 큰 승리를 자축하는 제왕의 축가와도 같았다.

미리 마음의 준비를 하고 있던 이상호 기자는 하마터면 드론과의 연결을 끊을 뻔했다.

'저, 정신 차리자.'

눈을 비비고 살펴봤다. 융파성의 성벽 위에서 보고 있는 이 현실은, 정말로 현실이 맞는 것인가.

'수천의 병사들이…….'

겨우 수십을 남기고 몰살당했다. 모두 검은 잿더미가 되어 있었다. 이스탁에 의해 한쪽 귀를 잃었던 겐지조차도, 원수들이 잿더미가 되어 있는 이 사실을 믿지 못할 것 같았다.

"무슨 일이…… 벌어진 거지……?"

겐지를 비롯하여 생포되었던 플레이어들에게 알림이 들려왔다.

-'특수한 속박'이 해제되었습니다.

-'실종 상태'에서 해방됩니다.

-로그아웃이 가능합니다.

겐지의 눈에서 눈물이 주륵 흘러내렸다.

"아……."

털썩 주저앉았다. 갑자기 아내의 얼굴이 떠올랐다. 결혼한 지 겨우 2달 된 아내. 자신 때문에 살아도 산 것이 아닐 것이 분명한 아내의 얼굴이 떠올랐다.

'나는…….'

얼굴을 감쌌다. 눈물이 쏟아졌다.

'살았다.'

실종 상태에서 해제되었다. 그 사실을 깨달은 몇몇 플레이어는 그 상태 그대로 로그아웃을 해버렸다.

한주혁은 고맙다는 인사도 없이 사라져 버린 그들에게 악감정을 갖지 않았다. 저들이 얼마나 무서웠고, 또 얼마나 도망치고 싶었는지, 잘 알고 있으니까. 지금은 도망치는 것이 우선일 거다. 크게 개의치 않았다.

겐지도 바로 로그아웃을 할 뻔했다. 아내가 기다리고 있을 테니까. 어쩌면 캡슐 앞에서 기절해 있을지도 모를 일이다.

'인사만…… 인사만 하고 가자.'

다리에 힘이 풀려 일어설 수가 없었다. 엉금엉금 기어갔다.

쉰 목소리로 말했다.

"감사합니다. 당신은 저를 살리셨고, 제 아내를 살리셨고, 또한 배 속의 또 다른 생명도 살리셨습니다."

한주혁이 가볍게 웃으며 겐지를 일으켰다.

"얼른 가서 아내를 안아주세요. 많이 걱정하고 있을 테니까."

남 일 같지가 않다. 그냥 문득 이 사람이 행복하면 좋겠다는 생각이 들었다.

한주혁 스스로 절대적인 선인이라 생각하지는 않지만, 그래도 이 순간만큼은 진심이었다. 그 진심과 표정이 전 세계에 송출되었다.

그런데 그때 이상호 기자의 드론이 바닥에 뚝 떨어져 내렸다. 마나로 이루어진 그의 드론이 바닥에 떨어져 소멸했다. JTBN 채널의 전파 송출도 끊어졌다.

그와 동시에 융파성에서 목소리가 들려왔다. 한주혁이 융파성을 올려다봤다. 누군가 융파성의 성벽 위에 서 있었다.

융파성 위에 모습을 드러낸 사람은 다름 아닌 이스탁이었다. 성벽 위에 선 이스탁의 손에는 커다란 활이 하나 들려 있었다. 그 활에서 쏘아진 화살이 이상호 기자의 드론을 부숴 버렸고, 그 여파로 이상호 기자의 H/P도 반 정도로 떨어졌다.

"절대악. 이 애송이 새끼야. 잘 들어라."

그가 보기에 절대악은 애송이였다. 산전수전 다 겪은 자신에 비하면 어린애 수준이나 다름없다고 생각했다. 자신이라면 아무리 유리한 상황에 있어도 저렇게 여유 부리지는 않았을 거다.

"너희 인간들이 가장 두려워하는 것이 실종이지 않은가?"

로그아웃하려던 겐지의 몸이 움찔했다. 한주혁이 그러한 겐지의 어깨를 한 번 두드려 줬다.

"걱정 말고 그냥 로그아웃하세요."

"……."

겐지가 힘겹게 고개를 끄덕였다. 감사합니다. 정말 감사합니다. 한 번 더 감사를 표한 뒤, 그는 로그아웃했다.

저만치 멀리. 성벽 위에서 이스탁이 크게 말했다.

"내게는 실종 상태의 인간 800명이 있다. 내 컬렉션이자 장난감이지."

한주혁이 어깨를 으쓱했다.

"근데?"

한주혁의 목소리는 작았지만 이스탁에게는 확실히 전달됐다.

BJ 핵초리는 그 장면조차 멋있다고 호들갑을 떨었다.

-한 명은 목소리를 높여 외쳐대고, 한 명은 작게 말하고 있는 이 모습조차 너무 달라 보이지 않습니까?

절대악의 '근데?' 한마디는 핵초리의 채널을 폭주하게 만들었다.

-그렇지. 휘둘리면 안 됨.

-800명의 사람들은 불쌍하지만 어쩔 수 없는 거 아님?

-저기서 한번 굽혀주면 끝도 없을 거임. 이왕 시작한 거. 끝을 봐야 하지 않겠음?

-역시 절대악임. 단호할 땐 단호하고, 할 땐 하는 남자임.

이스탁은 순간 '어, 이게 아닌데'라고 생각했지만 이내 평정심을 되찾았다.

"잘못 이해한 모양인데. 내 저택에는 800명의 장난감들이 있다는 소리다. 쉽게 말해, 내 인질이지."

한주혁이 뚜벅뚜벅 성을 향해 걷기 시작했다. 그 와중에 수십의 NPC들은 무릎을 꿇고 머리를 바닥에 박은 채 벌벌 떨기만 했다.

"그래서?"

"인질들이 내게 있다. 더 이상 접근하지 마라!"

이스탁이 활을 들어 올렸다. 한주혁을 향해 조준했다. 한주혁이 피식 웃었다.

"너도 활 잘 쏘냐?"

한주혁이 아이템을 하나 꺼내 들었다. 사용할 일이 없어서 사용하지 않고 있던, '주작신궁'이다.

화 속성. 한국 공식 서열 7위의 강무열이 사용했던 아이템. 한주혁은 본래 궁수가 아님에도 불구하고 자연스레 활시위를 당겼다.

이스탁이 눈을 크게 떴다.

'활에는 아무것도 걸려 있지 않아.'

그런데 뭔가 날아오는 느낌이 든다. 저 아이템에서 느껴지는 속성은 분명 불 속성인데 불 속성의 무엇인가가 느껴지지 않는다.

"으헉!"

황급히 허리를 숙였다. 머리 위로 뭔가가 지나간 것 같은 느낌이 들었다. 머리를 숙였던 이스탁이 조심스레 몸을 일으켰다.

"……응?"

굉장히 위협적인 무엇인가가 지나간 것 같은데 주변은 아무런 변화도 없었다.

"으, 으하하하!"

그렇다. 잠시 잊고 있었다.

'나는 성벽의 보호를 받는 몸…….'

이곳은 성안이다. 죽음을 통해 성내에서 부활했고, 성내의 NPC로 설정했다. 7급 장군 이스탁의 특별한 능력이다. 이스탁은 그를 통해 이 융파성의 보호를 받는다.

"나는 성벽의 보호를 받는 몸이다. 네놈이 아무리 잔재주를 부려봐야 의미가 없다는 뜻이다!"

만약 한주혁을 원래부터 알고 있던 NPC라면 이런 말을 하지 않았을 거다. 아니, 하지 못했을 거다.

핵초리 채널에 순식간에 'ㅋㅋㅋㅋㅋㅋㅋㅋㅋ'로 도배되기 시작했다.

-절대악 능력 모르는 거 같은데?

-혼자서도 성 쌈 싸 먹는 괴물인디?

그들은 절대악의 능력을 알고 있으니까.

한주혁이 어깨를 으쓱하고서 활을 인벤토리에 집어넣었다.

"근데?"

그와 동시에.

쩌적-!

성벽이 갈라지기 시작했다. 성안에 있던 플레이어와 NPC들 전부 알림을 들었다.

-융파성의 성벽이 파괴되었습니다.

-융파성의 크리스탈이 파괴되었습니다.

-융파성의 보호를 받을 수 없습니다.

-융파성의 자동 회복 기능이 영구 손실되었습니다.

쩌적-!

한번 금이 가기 시작한 성벽은 아예 무너져 내렸다.

JTBN의 영상 송출이 끊긴 만큼, 핵초리 채널에 사람들이 기하급수적으로 몰리기 시작했다. 몰린 사람들은 기적을 봤다.

-지금 보임? 성벽이 아예 박살 났음.

-내구도가 0이 되는 게 아닌데?

-이건…… 공성전도 아니고. 이걸 뭐라 그래야 함?

사람들은 이 충격적인 장면을 나름대로 당연하게 받아들이기 시작했다.

원래대로라면 충격적이기 그지없는 장면이다. 원래 성을 끼고 싸울 때, 성은 무너지지 않는다. 성이 무너지는 것이 아니라, 성의 '내구도'가 '0'이 되는 설정이다. 이후 크리스탈을 파괴하느냐, 파괴하지 못하느냐에 따라 성의 주인이 바뀐다.

-이건 아예 설정을 넘어서서…… 물리적으로 진짜 부순 것에 가까운데?

3층성의 몸이 바들바들 떨렸다.

'올림푸스 세계에 직접적으로 영향을 끼칠 수 있는 최초의 플레이어.'

세계 최초. 그 말이 실로 어울리는 사람이 바로 절대악이다.

'예상은 했지만…….'

이미 어렴풋이 알고는 있었다. 그런데 그 예상을 훨씬 웃돌았다. 그의 손가락이 빠르게 움직이며 현 상황을 분석했다.

-시스템 설정이 무의미한 플레이어임. 시스템으로 정해진 설정값을 뛰어넘어, 물리적인 간섭을 할 수 있는 세계 최초, 유일의 플레이어임.

전 세계인들이 실시간으로 그 장면을 지켜봤다. 성벽의 내구도를 없애는 것이 아니라, 성벽 자체를 부숴 버리는 장면. 세계 역사의 한 획을 긋는 사건이 벌어졌다.

3충성이 타자를 쳤다.

-놀라운 건…… 거창한 스킬을 사용한 것도 아님.

예전의 절대악이었다면 '마성격' 같은 스킬을 사용했을 거다. 마성격은 엄청난 이펙트를 자랑하는 대단위 공성/수성 스킬이다. 그런데 지금은 다르다.

3충성이 현 상황을 한 문장으로 정리했다.

-Simple is the best.

상황은 정말 간단했다. 절대악이 아무것도 없는 활을 당겨 화살을 쏘아냈고, 그 화살이 성벽을 부쉈다. 단 한 방의 공격으로. 아주 단순하고 쉬운 공격으로.

이스탁은 진심으로 충격을 받았다.

'어떻게 이럴 수가…….'

처음에는 사특한 술수를 부린 줄 알았다. 이후에는 아주 강한 놈이겠거니 생각했다. 그런데 이런 말도 안 되는 짓을 벌일 수 있을 줄은 몰랐다.

'이런 일은 1급 장군이어도 힘들 것 같은데…….'

믿을 수 없었다. 아니, 믿고 싶지 않았다. 어떻게 화살 공격 한 번으로 성을 부숴 버린단 말인가. 성을 이루는 핵이라 할 수 있는 크리스탈까지도 모조리 박살 내버렸다. 이제 융파성은 더 이상 '성'이라 부를 수 없게 되었다.

그사이에도 한주혁은 계속해서 가까이 다가갔다.

"이건 말도 안 돼. 이렇게 말하고 싶지?"

한주혁의 걸음은 빠르지 않았다. 겉으로 보기에는 여유롭기 그지없었다. 그러나 그의 움직임은 빨랐다.

이스탁이 입을 쩍 벌렸다.

'버, 벌써 여기까지…….'

잠깐 눈을 감았다가 뜬 것 같은데, 저쪽은 천천히 걸어오는 것 같았는데 어찌 된 일인지 모르겠다.

"인질?"

한주혁이 가볍게 뛰어올랐다. 어느새 그는 이스탁 바로 앞에 섰다.

"그래서 뭐 어쩌라고?"

한주혁이 손가락으로 이스탁의 이마를 톡 쳤다. 그와 동시에 으아아아악! 비명 소리가 터져 나왔다. 데굴데굴 굴렀다.

"엄살은."

한주혁이 데굴데굴 구르고 있는 이스탁에게 가까이 걸어갔다.

"야."

이스탁은 이마를 붙잡고 신음성을 토해내느라 딱히 대답하지 못했다. 거친 숨만 몰아쉬며 고통을 다스렸다.

"아프냐?"

또다시 손가락을 들어 올리자 이스탁은 황급히 몸을 굴렸다. 성벽 끝에 몸이 닿았다. 그러고서 얼른 몸을 일으켜 무릎을 꿇었다.

"자, 잘못했습니다."

"고문이 취미라며?"

아무래도 당하는 건 싫고 하는 것만 좋은가 보다.

그때. 젊은 영웅 '칸트'에게 귓말이 왔다.

-주군. 실종된 인간들을 찾았습니다.

-숫자는?

-지하실에 400여 명. 별채에 400여 명. 도합 800여 명입니다.

한주혁이 씨익 웃었다.

"너희들에게 실종시킬 수 있다는 능력이 있다는 건 알겠어."

목소리가 필드 전체에 울렸다. 다시금 방송을 재개한 이상호 기자와 BJ 핵초리에게도 똑똑히 들렸다.

"그럼 내가 그들을 찾을 수 있다는 능력이 있다는 건 왜 몰라?"

성벽에 바짝 붙은 이스탁은 바들바들 떨었다.

"내, 내, 내, 내게는 8, 800명의 이, 인질이 남아 있다…… 습니다……!"

그 말을 들으며 한주혁이 귓말을 보냈다.

-실종 상태 해제가 가능하겠지?

-물론입니다. 에르페스에 대항하기 위해 힘을 모아왔습니다. 주군께 도움이 될 수 있어 기쁩니다.

-해제 다 되면 말해.

에르페스의 젊은 영웅 칸트. 그리고 대도 블랙. 그들은 분명 쓸 만한 구석이 많이 있는 NPC들이었다. 시나리오상 꼭 필요한 이들이기도 했고.

제국 NPC들이 실종시킬 수 있는 능력을 가졌다면, 그에 반대되는 칸트는 그들을 원래대로 되돌릴 수 있는 능력을 가졌다.

-알겠습니다. 빠르게 진행하겠습니다.

혹시 몰라 이스탁은 살려뒀다. 어차피 부활할 것을 알고는 있었는데, 융파성에 모습을 드러낼 줄은 몰랐다. 어지간히 성질이 급한 놈인 것 같다.

한주혁이 말했다.

"지하실에 400명. 별채에 400명. 많이도 숨겨놨구나."

"……."

이스탁이 발발 떨면서 또 눈을 크게 떴다. 도대체 이 인간. 뭐 하는 인간이지.

'프, 플레이어가 맞기는 한 건가.'

플레이어가 어떻게 이렇단 말인가. 지난 200년간. 이런 플레이어는 없었다. 아니, 시스템상 있을 수가 없다. 어떻게 이럴 수가 있단 말인가.

"너희 상급 NPC들에게 귀찮은 능력과 권능이 있다는 건 알겠어."

절대악의 목소리가 필드 전체. 그리고 전 세계로 계속해서 송출되었다.

"근데 누가 더 귀찮은 능력이 많을까?"

한주혁이 이스탁 앞에 섰다. 뱀 앞의 작은 개구리처럼 이스탁은 아무 말도 하지 못했다. 공포에 질린 눈동자는 한주혁을 쳐다보지도 못했다.

"너희에게 부활의 권능이 있다는 것도 알아."

플레이어들만큼 무한한 정도는 아니지만, 어쨌든 NPC들은 플레이어들을 많이 연구해 왔고 어느 정도 플레이어의 능력도 사용할 수 있다. 상위급 NPC들에게 부활 능력이 있다는 것 정도는 이미 진작 알고 있었다.

"근데 말이야."

마침 칸트에게도 귓말이 왔다.

-821명. 820명은 중국 출신. 1명은 한국 출신으로 확인되었습니다. 그들의 실종 상태 해제를 완료하였습니다. 현재 활동하고 있는 또 다른 7급 장군들에게도 실종 상태의 플레이어들이 있으리라 짐작됩니다. 블랙과 저, 그리고 장로들이 합심하

여 그들을 찾아내겠습니다.

한주혁이 말했다.

"너희들에게 부활 권능이 있듯. 플레이어에게 델리트 권능이 있을 거라는 생각은 왜 못 하냐?"

말을 이었다.

"도합 821명. 중국 플레이어 820명. 한국 플레이어 1명. 그들의 해방을 선언함과 동시에……."

이 정도면 세계에 많은 것을 보여줬다. NPC들은 분명 무서운 적이지만, NPC들을 지나치게 두려워할 필요가 없다는 희망을 심어줄 수 있을 만큼. 모르긴 몰라도 세계는 열광하고 있을 거다. 지나치게 두려움에 빠지지 않을 수 있을 거다.

7급 장군 이스탁에게 붙잡혀 있던 800여 명의 인질도 무사히 구출했다.

"수많은 플레이어를 학살한 것에 대한 죄를 물어."

이상호 기자의 드론이 복구되었다. 이쪽을 완벽하게 찍어내고 있다. 세계인들에게. 그리고 NPC들에게 분명히 보여주기로 했다. 저쪽에게 부활의 권능이 있는 것처럼, 이쪽에도 델리트 권능이 있다는 것을.

"네게 사형을 선고한다."

수많은 인간들이 죽었다. 중국만 해도 수십만이 학살당했다. 누군가의 부모가, 누군가의 딸이, 누군가의 아들이, 누군가의 친구가, 누군가의 연인이, 누군가의 동생이, 수많은 이들이 가슴 아파하고 있다.

적어도 지금 이 순간만큼, 인간들은 모두 한마음 한뜻이었고 모두 절대악을 진심으로 응원했다.

이스탁이 잿더미로 변했다.

-7급 장군. 이스탁을 사살하였습니다.

진짜 죽음. 델리트가 내려졌다. 그와 동시에 새로운 알림이 들려왔다.

-퀘스트. '오성(五星) 장군들의 분노'가 발생하였습니다.
-퀘스트. '10만의 인질'이 발생하였습니다.
-퀘스트. '오성(五星) 장군들의 분노'가 발생하였습니다.

한주혁은 퀘스트창을 활성화시켜 오성 장군의 분노에 대해 살펴봤다.

<오성(五星) 장군들의 분노>

모르골의 7급 장군 중 한 명인 이스탁은 7급 장군 중 가장 어린 장군입니다. 이스탁은 또 다른 7급 장군 5명에게 큰 총애를 받았는데 이들을 일컬어 '오성 장군'이라 칭합니다. 오성 장군의 힘은 가히 6급 장군들과 견주어도 모자라지 않을 정도라고 합니다. 그들은 벚꽃이 피는 정원에서 이스탁을 지켜주기로 약조하였으며, 그 약조를 깨뜨린 이에 대해서는 피의 복수를 맹세하였습니다.

*오성(五星) 장군들의 공격으로부터 24년간 생존하십시오.

한주혁은 헛웃음을 짓고 말았다.

'24년간 생존?'

24년 동안 오성 장군이라는 것들이 자신을 공격할 것이라는 얘기다. 24년 동안 살아남으면 어떤 보상이 주어지는지는 모르겠다만, 하여튼 생존하란다.

'별 거지 같은 퀘스트가 다 있네.'

알림이 이어졌다.

-오성(五星) 장군들이 플레이어 아서의 위치를 실시간으로 확인할 수 있습니다.

-오성(五星) 장군들이 플레이어 아서에 한하여 '권능의 귓말'을 사용할 수 있습니다.

-오성(五星) 장군들이 플레이어 아서에 대하여 척살령을 선포합니다.

한주혁에게 귓말들이 이어졌다.

-내 아끼는 동생을 죽인 놈이 네놈이로구나.

-네놈을 곧 죽여주겠다.

-같잖은 것이 알량한 재주만 믿고 돌이킬 수 없는 강을 건너고야 말았구나!

-네놈의 사지를 갈아 마실 것이다!

한주혁은 피식 웃었다.

'그래. 뭐.'

별로 무섭지 않다. 7급 장군들 5명? 말이 거창해서 오성 장군이지. 그래 봤자 별거 있겠는가.

한주혁은 그들의 경고를 한 귀로 듣고 한 귀로 흘렸다. 그러고서 칸트에게 귓말을 보냈다.

-플레이어들 다 대피시켰어?

-예. 모두 로그아웃하였습니다. 모두 안전합니다.

플레이어들의 안전도 확인했다. 그사이, 꼬꼬가 이스탁의 시체를 마구 쪼아댔다.

콕! 콕! 콕!

먹을 것! 먹을 것을 내놔라!

꼬꼬가 열심히 쪼아댔지만 그의 잿더미에서는 그 어떤 것도 튀어나오지 않았다. 신경질이 난 꼬꼬가 검은 잿더미를 잘근잘근 짓밟았다.

'문제는 10만의 인질인데.'

퀘스트가 발생되었다. 아마 저들에게는 또 10만 명 정도의 '실종 상태의 플레이어'가 있는 것 같다.

명령을 내렸다.

-실종 상태의 플레이어가 10만에 이를 것이라 짐작된다. 칸트. 너는 장로들과 함께 플레이어들을 찾아내라.

한주혁은 검은 잿더미를 물끄러미 쳐다봤다.

'근데 진짜 되네?'

확실하지 않았었다. 그냥 되지 않을까. 그렇게 생각했었는데, 진짜로 됐다.

'안 됐으면 쪽팔릴 뻔했는데.'

NPC에게 부활 권능이 있듯, 플레이어인 자신에게 델리트 권능이 있다고 호언장담했었다.

'이런 게 진짜 된다니.'

불과 한 달 전의 자신이라면 상상하지도 못했을 경지다. 새로운 세상이 열렸다.

아니나 다를까. 로그아웃하자마자 한세아가 질문 세례를 쏟아냈다.

"아니, 오빠! 어떻게 한 거야? 그게 가능해? 오빠. 진짜 어떻게 그렇게 했어? 진짜로 델리트야? 성벽은 어떻게 부쉈어? 아니, 그런 게 어떻게 가능해? 혹시 영웅의 장갑이 업그레이드됐어? 혹시 한스한테 강화한 거야?"

한주혁은 귀찮은 동생을 밀어냈다.

"그냥 하면 다 돼."

"엥?"

“노오력하면 다 돼.”

“빨리 말해주라. 나 이오빠가내오빠다로 활동해야 한다고.”

한주혁이 어이없다는 듯 한숨을 내쉬었다.

“그거. 진짜 너였냐?”

“오빠. 나 알아?”

“3층성. 루펜달. 열비람. 이오빠가내오빠다. 다 유명한 네임드잖아.”

“내가 그렇게 유명했어?”

“그게 설마 진짜 너일 줄은 몰랐지만.”

한세아가 킥킥대고 웃었다.

“어때? 동생이 오빠 자랑 막 대놓고 하니까? 기분이 막 하늘을 날 것 같고 그래?”

“…….”

한주혁이 인상을 찡그렸다. 하늘을 날 것 같기는커녕 쥐구멍에 숨고 싶다. 그런데 그렇다고 말하면 동생이 좋아할 것 같다. 그냥 꿀밤이나 한 대 때려주고 싶은 기분이다. 간만에 말똥말똥한 동생의 눈동자를 보고서 한주혁은 귀찮지만 대답은 해주기로 했다.

“나는 일단 시스템 설정에서 자유로워.”

“응응.”

한세아는 열정적으로 듣기 시작했다. 한쪽에는 녹음기를, 또 한쪽에는 펜과 메모지를 준비하고서 취재하듯 한주혁의 말을 들었다.

"너도 알다시피, 나한테는 심검이 있잖아?"

"응응."

"그 심검은 의지로 발현돼. 시스템이 아니라."

"응응."

"그것의 확장판이라고 보면 돼."

"응응."

"성을 부술 수 있었던 건, 내가 성을 부수고 싶다고 생각했기 때문이야."

한세아는 순간 필기를 멈췄다.

"성을 부수고 싶다고 생각하니까 성이 부서졌다고?"

"말로 하기는 좀 애매한데……. 요약하면 그래."

"성에 적용되는 룰이라는 게 있잖아."

동시에 여러 명이 여러 군데를 타격해야 한다. 그렇게 해서 내구도를 깎는다. 그것을 일컬어 '성벽의 내구도를 깎는다' 혹은 '성벽의 H/P를 없앤다'라고 표현하지 않는가.

"그 룰보다 더 높은 등급의 의지라고 표현하면 쉽겠네."

"아……."

한세아는 대충 이해했다.

"그러니까 그 룰이 레전드급이라고 치면, 오빠의 의지는 신급이라는 거지?"

"말하자면 그런 거지."

심검은 의지로 이루어진 검이다. 상대의 심장에 직접적으로 작용하는 의지. 이번에 한주혁이 성을 무너뜨린 것도 마찬가지였다.

성에는 심장이 없지만 그것을 이루는 크리스탈이 존재한다. 그것 자체를 파괴시켜 버렸고, 성을 아예 무너뜨렸다.

"오빠는 그게 가능할 걸 처음부터 알고 있었어?"

"그냥 보니까 알겠던데?"

"음……?"

"애들이 숨 쉬는 걸 배워서 숨 쉬지 않잖아."

그냥 보면 안다. 그것이 지금 한주혁의 경지다.

"그럼 부활 권능을 가진 NPC는 어떻게 죽였어?"

머리가 돌이냐? 이거나 그거나 어차피 같은 건데. 뭘 또 물어보냐? 이렇게 말하려고 했지만, 마침 천세송이 방에 들어오는 바람에 친절하게 대답해 주기로 했다.

"그 부활 권능보다 내 의지가 더 상위의 권능인가 보지."

"처음에 죽였을 때는 그렇게까지 강한 의지를 담지 않았던 거야?"

"응. 인질이 있을 거라 짐작되던 상황이니까. 말하자면 간 한 번 본 거지."

한세아의 필기가 굉장히 빨라졌다. 고개를 연신 끄덕였다. '이 오빠가내오빠다'로 활동할 거리가 많아졌다.

"아 참. 이런 내용들 강재명 실장님 통해서 외부로 말해도 되는 거지?"

"그러라고 말해주고 있는 거야."

한세아가 활짝 웃었다. 오늘 이 오빠. 마음에 든다. 수학 문제를 풀어주고서, 그 풀이 과정까지 상세하게 설명해 주는 좋은 친구 같은 느낌이랄까.

한주혁은 방에 들어온 천세송을 보고서 싱긋 웃었다. 친동생을 볼 때와는 사뭇 다른 표정이었다. 친동생 한세아는 그 모습에 크게 상처를 입지는 않았다. 이제 적응됐다.

"오빠. 그러면 그 플레이어들은 어떻게 된 거야? 실종 상태의 플레이어들. 800명 정도 구해냈다고 했잖아."

한주혁이 씨익 웃었다.

"나 대군주야."

천세송은 허세를 부리는 한주혁을 말똥말똥 쳐다보기만 했다. 이 오빠. 어쩜 이렇게 허세 부리는 것도 멋있을까. 콩깍지가 쓰이면 답이 없다더니, 자신이 딱 그 꼴 같았다.

오빠가 명동 거리에 나가서 '다 덤벼라, 세상아. 내가 제일 세다. 내 오른손에는 흑염룡이 봉인되어 있다!'라고 외쳐대도 멋있을 것 같다. 천세송의 눈에는 그랬다.

한세아는 한주혁의 말을 이해했다.

"오빠한테도 훌륭한 부하들이 있다는 거지? 장로들 같은……."

"뿐만 아니라 칸트와 블랙 같은 영웅 NPC들도 있어."

"아! 맞다. 그 사람들이 도운 거야?"

"어."

한세아는 궁금한 모든 것들을 해결했다. 한세아가 기록하고 정리한 내용은 강재명 비서실장을 통해 세계에 공표되었고, 세계는 환호했다.

이례적으로, 중국의 주석이 직접 TV에 모습을 드러내어 절대악에게 공개적으로 감사를 표했다.

-저희 중국은 절대악의 행보에 무한한 신뢰를 보내고 있으며 절대악을 적극 지지합니다. 소중한 이들을 되찾은 중국의 국민들을 대신하여 머리 숙여 깊이 감사 올립니다.

한국 국민들 전체가 그 감사 인사에 열광했다.

"이러니 국뽕에 취하지."

"월드컵 때 빼고 유일하게 애국심에 취하는 날이다."

중국 주석은 절대악에게 감사 인사를 올릴 때, 대부분의 말을 '한국어'로 말했다. 비록 발음이 유창하지는 않지만, 그래도 대충은 알아들을 수 있을 정도였다.

"중국 주석이 이렇게 머리를 조아리면서 한국어로 감사를 표할 줄 누가 알았겠냐?"

대연합이 득세하던 불과 1년 전만 하더라도 상상도 할 수 없던 일이었다. 중국은 한국을 그저 속국 중 하나로 생각했었다. 모두가 그런 건 아니라 할지라도, 그렇게 해석될 수 있을 정도로 한국을 쉽게 생각하는 듯한 스탠스를 자주 취했었다.

그런데 불과 1년 만에 중국의 대표가 머리 숙여 한국인 한

명에게 감사 인사를 올리고 있다.

"절대악의 발표 내용에 따르면…… 실종 상태를 원래대로 돌릴 수 있다는데?"

"시스템 무시해서 성벽도 그냥 부수고, 부활 권능 가진 NPC도 눈빛만으로 죽여 버리는데 그게 무슨 대수겠냐? 다 가능하지."

가장 중요한 건, 인간들에게 희망이 생겼다는 거다. 무소불위의 권력을 휘두르는 제국의 NPC들과 싸울 수 있다는 희망이.

"전초전에서는 태르민의 패배 같다."

다들 그렇게 판단했다. 현실에 모습을 드러내 공포심을 조장하고 인간들끼리의 분열을 만들려던 태르민의 계획은 일단 실패한 것 같다. 여전히 '친N파'는 존재하고, 그 세를 불려가고는 있지만 그래도 절대악이라는 압도적인 영웅의 빛에 그 위세가 많이 사그라들었다.

그런데 또 새로운 내용이 발표되었다.

한주혁이 인상을 잔뜩 찡그렸다.

'나를 직접 찾아오는 것이 아니라…….'

오성(五星) 장군이라는 것들은 정면 공격을 선택하지 않았다. 앞뒤 안 가리고 덤벼들 줄 알았더니. 그게 아니었다.

-나에게는 10만의 인질이 있소이다.

붉은 얼굴. 고슴도치 같은 수염을 가진, 덩치가 굉장히 큰 남자가 발표한 내용이었다. 오성 장군 중 한 명인 '젤다'라고 밝힌 그가 플레이어 한 명을 무릎 꿇렸다.

한주혁은 잠자코 컴퓨터 화면을 쳐다봤다. 영상은 끔찍했다. 일반적인 참수도 아니었다. NPC 몇몇이 플레이어 한 명의 몸을 붙잡고, 기다란 칼로 플레이어의 목을 잘라냈다.

'끔찍한 짓을 잘도 벌이는군.'

절대악이 항복하지 않는다면 1분에 한 명씩 죽일 것이라고 협박했다.

-10만의 인질이 다 죽는 동안, 우리에게는 100만의 또 다른 인질이 생기겠지요. 인류의 씨를 말릴 때까지 우리는 공개 처형을 진행할 예정이오.

영상 속 남자. 젤다가 정면을 똑바로 응시했다.

-절대악. 당신이 플레이어치고 강하다는 것은 알겠으나, 다른 플레이어들은 당신 같지 않소. 당신 한 명이 희생한다면, 우리는 플레이어 사냥을 그만둘 것을 약속하겠소. 모르골 제국의 옥쇄로 인증할 수 있소. 평화를, 약속하오.

젤다가 말을 이었다.

-현실의 당신을 죽이겠다는 것이 아니오. 우리는 당신이 델리트되기를 원하오. 당신들에게 올림푸스는 게임이지 않소?

그의 논리는 이러했다. 올림푸스 속 캐릭터인 '절대악 아서'만 죽어달라. 그러면 플레이어 사냥을 멈추겠다. 당신 한 명만 희생하면 모두가 평화로울 수 있다.

한주혁이 올림푸스에 접속했을 때. 시르티안으로부터 보고가 올라왔다.

-주군!

8장

절대악의 기자 회견

시르티안에게서 올라온 보고는 의외였다.

한주혁은 프루나로 이동했다. 프루나의 응접실에는 의외의 인물이 자리 잡고 있었다.

"당신이 절대악입니까?"

"그렇습니다."

시르티안에게 들어서 누구인지는 알고 있다.

'7급 장군. 초운.'

7급 장군은 총 7명으로 이루어져 있다. 한주혁이 사살한 이스탁과 더불어 오성(五星) 장군이라 불리는 5명의 장군. 그리고 또 한 명. 그 한 명이 바로 '초운'이다.

"시간이 많지 않으실 테니 본론만 짧게 말씀드리겠습니다. 저는 친인파에 속하기를 원합니다."

친인파. 즉, 친N파의 반대말이라고 할 수 있다. 지금 7급 장군 중 한 명인 초운이 자신의 편을 들겠다고 나선 것이다.

"아마 지금쯤 모르골에서는 제가 빠져나간 것을 알고 있을 것입니다."

"그렇겠죠."

아마도 에투모 워프 포탈을 탔을 거고, 그 즉시 모르골에 보고가 올라갔을 거다. 한주혁에 비해서 약해서 그렇지 7급 장군쯤 되면 정말로 최상급 NPC들 중 한 명이니까.

그런 NPC가 별다른 보고도 없이 에르페스로 향했다. 그것도 프루나로?

시르티안이 첨언했다.

"이들의 가족은 현재 프루나에서 보호 중입니다."

"잘했어."

가족 전체가 넘어온 모양이다. 보아하니 며칠 전부터 준비한 것 같다.

"이러는 이유가 뭐죠?"

"저는 무엇이 옳고 그른지 잘 알고 있기 때문입니다. 모르골 제국의 NPC들은 잘못 생각하고 있습니다."

그의 말을 빌리자면 인류와 NPC는 대적하는 것이 아니라 공존해야 한다고 했다.

초운의 말을 다 듣고 난 한주혁은 초운의 말을 거의 이해했다.

'말을 그럴싸하게 하기는 하는데…….'

대부분 맞는 말이다. NPC는 인류를 정복하는 것이 아니라, 공존해야 한다고 주장했다. 틀린 말은 없다. 그러나 그게 전부는 아니었다.

'7급 장군들에게 따돌림이라도 당한 것 같네.'

아무래도 뒷사정이 있는 것 같다.

'생각해 보면 간단해.'

한주혁이 말했다.

"이스탁이 죽었을 때, 오성 장군들이 분노했다는 알림이 떴습니다."

그들이 이스탁의 죽음을 알아차렸다. 어떤 방식으로든 연결이 되어 있다는 것이겠지. 그런데 7급 장군은 7명이다. 이스탁과 오성 장군을 제외한 다른 이. 오성(五星) 장군에 속해 있지도 않고, 그렇다고 이스탁과 연결도 되어 있지 않은 장군.

"7급 장군들 무리에 제대로 끼지 못했나 보군요."

"……."

초운의 눈동자가 아주 잠깐 흔들렸다. 그는 저 말을 부정하려다가 이내 고개를 끄덕였다.

'거짓말은…… 의미 없다.'

어차피 일은 벌어졌다. 친인파를 주장하는 가운데, 처음부터 신뢰 관계를 깨버릴 필요는 없다고 생각했다.

"그들은 운명 공동체라 할 수 있습니다. 모두 같은 지방 출신이며, 멀지만 피로 묶인 형제들입니다."

말하자면 먼 친척쯤 된단다.

"그에 반해 저는 천민 출신이죠. 무시도 많이 당했습니다. 천민 출신 주제에. 어딜 기어오르냐고."

초운의 눈썹이 파르르 떨렸다.

"7급 장군 중에도 엄연히 서열이 있습니다."

그 서열 1위가 초운이란다. 그런데 7급 장군 중 6명이 한 무리이다 보니, 서열 1위라는 것은 어떠한 의미도 없었다. 6명의 장군들은 서열 1위인 초운의 말을 무시하기만 했으니까.

한주혁이 고개를 끄덕였다.

"만약 여기서 거짓말을 했다면."

그 이후는 말하지 않았다. 하지만 초운은 알 수 있었다. 초운이 침을 꿀꺽 삼켰다.

'나는…… 이 자리에서 죽었다.'

성안이지만, 안전지대로 설정되어 있는 곳이지만 자신이 죽었을 것이라는 것을 직감했다. 등 뒤에서 식은땀이 흘렀다.

'플레이어가 어찌…….'

소문으로 들었을 때에는 좀 과장이 있을 거라고 생각했다. 운이 좋아 이스탁을 없앨 수 있었다고 생각했다. 하지만 그것은 자신의 착각이었다. 방금. 그것을 분명히 느꼈다. 그리고 그의 느낌은 사실이었다.

'어찌 저럴 수 있단 말인가.'

만약 초운이 거짓말을 했다면, 한주혁은 자비를 베풀지 않았을 거다. 하나하나에 자비를 베풀고 배려하기에는 상황이 좋지 않다. 지금은 엄연히 전쟁 중이고 괜한 문제의 소지는 차라리 없는 게 나으니까.

"옳은 선택을 했네요. 적어도 나는 항복하는 이는 죽이지 않으니까."

"……."

한주혁이 물었다.

"그렇다고 당장 당신을 믿겠다는 건 아닙니다."

초운의 말이 거짓이라고 생각하지는 않지만 그래도 얻을 건 얻어내야 했다.

"7급 장군 놈들. 인질들을 숨긴 곳이 어디죠?"

NPC들의 공개 처형이 시작되었다. 그 장면은 정말로 끔찍했다. 지나치게 잔인한 것이 묘사되지 않는 올림푸스 세계임에도 불구하고, NPC들은 자극적이고 끔찍한 장면을 송출해 냈다.

한세아는 현실로 송출된 그 영상을 보다가 이내 끄고 말았다.

"미친놈들……!"

마치 두툼한 고기를 써는 것처럼, 사람의 목에 칼을 댔다. 차마 두 눈 뜨고 보기에는 섬뜩한 장면이었다.

그런데 한세아를 더욱 화나게 만든 것은 오히려 NPC들이 아니라 현실의 사람들이었다.

올림푸스 매니아에 절대악의 델리트를 주장하는 사람들이 생겨났다.

-차라리 절대악이 델리트되는 것이 낫겠다.

-절대악 한 명의 이기심 때문에 10만 명이 죽게 생겼음.

-우리는 평화를 원한다! 절대악은 순순히 델리트당해라!

한세아가 책상을 주먹으로 쾅! 내려쳤다.

"아니, 도대체 머리가 있는 거야, 없는 거야?"

어깨 위의 그것을 장식으로 달고 다니는 것 같다. 어떻게 저런 생각을 할 수가 있단 말인가.

"오빠 없으면 저놈들이 진짜로 평화를 약속할 거라고 생각하나? 어디 좀 모자라나?"

보니까 정말로 그렇게 생각하는 사람들이 있는 것 같고, 또 반은 그냥 관심 끌기용으로 어거지를 부리고 있는 것 같다.

"와……. 진짜 대박이다."

아무리 민주주의 사회고 다양한 의견이 존중받아야 한다지만 이건 좀 너무한 것 같다.

"막말로 저놈들이 진짜 평화를 약속한다 쳐."

그럴 리 절대 없지만 그래도 일단 그렇다 치더라도.

"그럼 우리 오빠는?"

한주혁이 얼마나 고생했는지, 얼마나 의기소침했었는지, 동생인 한세아는 잘 알고 있다.

"왜 우리 오빠가 희생해야 돼?"

한세아는 그렇게 생각한다. 얼굴도 모르는 중국인 10만 명이 죽는 것이, 오빠가 죽는 것보다 낫다. 중국인 10만 명은 그녀에게 별로 소중하지 않지만, 오빠는 소중하니까.

"진짜 웃기는 짜장면들이네."

그런데 이러한 의견은 한국에서만 나오는 것이 아니었다. 수많은 중국인들이 촛불을 들고 거리에 쏟아져 나왔다. 중국 언론들에 얼굴을 드러낸 수많은 사람들이 인터뷰를 했다.

-저희를 위해…… 델리트당해 주시면 안 되겠습니까?

-사람의 목숨이 달렸습니다.

-제발 부탁드립니다.

그들은 다름 아닌 실종자의 가족들. 그들은 눈물로 애원했다. 절대악 보고 델리트당해 달라고. 지금도 1분에 한 명씩 죽어가고 있다. 그것이 올림푸스 매니아를 통해 송출되고 있다.

-절대악은 영웅이지 않습니까?

-영웅이면 영웅답게 행동해 주십시오.

그들의 눈물은 또 많은 중국인을 거리로 뛰쳐나오게 만들었다. 촛불 행렬이 이어졌다. 절대악의 델리트를 요구하는 촛불 행렬이었다.

흑흑 연합의 로랑은 정말 울고 싶었다.

'아…….'

여론을 어떻게든 막아보려 했는데.

'절대악에게는 뭐라고 말하지?'

절대악이 델리트되면 절대로 안 된다. 그것은 곧 인류의 멸망을 뜻한다.

모르골 제국이 옥쇄로 평화를 약속한다? 그러면 에르페스 제국은? 모르골과 에르페스가 한 몸이라는 것을 아는 로랑이다. 모르골이 평화를 약속해도 에르페스가 플레이어를 사냥하기 시작하면 답이 없다.

'아니, 이 학습 능력 없는 버러지들아. 생각을 좀 해라.'

모든 중국인이 절대악의 델리트를 주장하는 건 절대로 아니었다. 오히려 델리트를 주장하는 사람들보다, 훨씬 더 많은 사람들이 절대악의 델리트를 반대했다. 다만 촛불을 들고 나온 사람들이 많아 보일 뿐.

'미치겠군.'

아무래도 태르민에게 당한 것 같다. 선동에 일가견이 있는 놈이니까. 오성 장군을 통해 말도 안 되는 제안을 하고서, 그 책임을 절대악에게 떠넘겼다. 그리고 국민들을 선동했다.

'어떻게든 절대악의 힘을 없애고 싶어 안달이 났군.'

그 말을 반대로 하면 절대악이 그만큼 위험한 존재라는 뜻이 된다. 이를테면 인류가 가진 핵폭탄 같은 거다. 그런 무기를 스스로 버리자니. 말도 안 되는 소리다.

'이 사태를 어떻게 수습하냐…….'

10만 명의 실종. 지금도 계속되는 실종. 그리고 국민들의, 절대악 델리트 주장론. 이 모든 것들 때문에 머리가 아파 오기 시작했다.

한주혁은 보통 기자 회견을 열 때, 강재명을 통해서 의견을 전달한다. 하지만 이번에는 직접 하기로 했다.

강재명이 조심스레 물었다.

"……정말로 모습을 드러내실 생각이십니까?"

이렇게 직접적으로 한주혁이 공식 석상에 모습을 드러내는 경우는 없었다.

"어차피 알 사람은 대충 아는데요, 뭐."

얼굴 좀 팔리는 게 뭐 대수겠는가. 한주혁. 그러니까 절대악이 직접 기자 회견을 열었다.

전면에 모습을 드러낸 절대악. 그 모습에 한국인들이 열광했다. 참고로 말하자면 절대악의 실시간 기자 회견은 시청률 90퍼센트에 달했다.

기자 회견은 30분 뒤. 천세송이 한주혁의 옷매무시를 가다듬어 줬다.

"오빠. 정장 입으니까 멋있다."

"그래?"

넥타이는 하지 않았다. 그냥 깔끔한 네이비색 정장을 차려 입었을 뿐이다. 천세송의 눈에는, 슈트 차림의 한주혁이 세상에서 가장 잘나 보였다.

'실제로 제일 잘난 것도 맞지!'

잡지 속 어느 유명한 모델이나, 몸 좋은 피트니스 선수를 가져다 대도 오빠보다는 못생겼다. 적어도 천세송의 눈으로 보면 그랬다. 한세아는 그것을 일컬어 '콩깍지의 위대함'이라고 부른다.

"응. 오빠가 세상에서 제일 제일 멋있는 것 같아."

한주혁은 피식 웃고서 천세송의 머리를 슥슥 쓰다듬었다.

"고마워."

한주혁도 스스로 보는 눈이 있다. 외모적으로 자신이 그렇게까지 잘나지 않았다는 것을 안다. 그래도 괜스레 기분은 좋아졌다. 자신이 사랑하는 여자 친구가, 곧 아내가 될 사람이 자신을 그렇게 멋진 사람으로 본다는 것은 기분 좋은 일이니까.

한세아가 콧방귀를 꼈다.

"얼씨구?"

지금 전 세계를 상대로 한, 특급 기자 회견을 준비 중인 오빠인데. 긴장한 모양새가 전혀 없다.

"아니, 오빠. 긴장하는 척이라도 해야 하는 거 아냐?"

"내가 왜?"

"……응?"

그 말에 한세아는 잠깐 생각했다.

'음……. 그러고 보니.'

오빠가 긴장해야 할 이유가 없는 것 같다. 한국을 상대로 하든, 중국을 상대로 하든, 미국이나 러시아를 상대로 하든, 아니, 상대가 누가 됐든. 오빠는 오빠 할 말만 하면 그만 아닌가.

"하긴…… 긴장할 필요가 없긴 없네?"

뭔가 긴장해야 하는 게 맞는 거 같은데. 그래도 엄청 큰 규모의 기자 회견이니까. 근데 또 생각해 보니 오빠가 긴장하는 게 더 이상한 거 같기도 하다.

"우씨. 오빠가 너무 잘나서 그래. 평범한 사람이면 보통 긴장한다고."

"평범한 사람이면 기자 회견을 안 하겠지."

"어……? 그건 또 그렇긴 한데……."

한주혁이 피식 웃었다. 실제로 그는 긴장하지 않았다. 겨우 기자 회견 따위로 긴장하기에는, 그가 너무 커 버렸다.

30분 뒤. 그의 대저택에 입장을 허가받은 기자들이 밀려들었다.

기자 회견이 시작되었다.

TV 화면에 한주혁이 모습을 드러냈다. 한주혁이 말하기 시작했다.

"안녕하세요. 세상에 절대악이라고 알려진 한주혁입니다."

그가 말을 이었다. 그의 말은 세계인들. 그중에서도 특히 중국인들에게는 충격의 폭풍우와도 같았다.

세계인들은 경악했다.

"진짜로…… 저 사람이 절대악?"

절대악은 생각보다 정말로 젊었다. 어렴풋이 알려져 있기는 했지만, 공식적으로 이렇게 모습을 드러낸 적은 처음이다. 아예 카메라 앞에 대놓고 섰다.

"30살도 안 되어 보이는데?"

겨우 저 정도의 나이로 세상을 좌지우지하는 세계의 대통령이 되었단 말인가.

"오 마이 갓."

전 세계 시청자들이 한국 땅에서 벌어지고 있는 일에 집중했다. 그 절대악이 놀라운 사실을 밝혔다.

-절대악이 곧 적대악임을 밝힙니다.

더 이상 비밀로 하는 것은 의미가 없다. 황궁에서 빠져나올 때. 그때 이미 태르민은 자신이 절대자의 자리에 올랐다는 것을 눈치챘을 거다. 그러니까 이렇게 소극적으로 움직이는 것이겠지.

LZ연합의 구본부조차도 이 사실을 접하고 많이 놀랐다.

"이럴 수가……."

어쩐지. 절대악이 적대악의 존재에 대해 너무 무심하다 했다. 사람들은 이것을 일컬어 절대악의 여유와 배포라고 설명했지만, 구본부 입장에서는 조금 답답하기도 했었다. 적대악이 크기 전에 짓밟아야 한다고 생각했었다.

'부끄러운 생각이지만…….'

부끄럽지만 그는 분명 그렇게 생각했다. 그는 절대악이야말로 한국을 바로 세울 영웅이라고 생각했고, 그 영웅에 반대되는 세력은 없어져야 한다고 생각했으니까.

'그래. 부끄러운 게 맞다.'

적대악이 누군지도 모르고. 어떤 생각을 가졌는지도 모르는데. 절대악과 반대되는 클래스를 가졌다는 이유로 밟아야 한다고 생각했다.

이래서야 기존 기득권. 그러니까 신귀족이라 주장하는 쓰레기들과 뭐가 다르단 말인가.

함께 TV를 보고 있는 손녀에게 물었다.

"주랑아, 너는 알고 있었니?"

"예. 알고 있었습니다. 하나 절대악께서 비밀로 원하시는 것 같아 함구하고 있었습니다."

구본부는 이주랑을 물끄러미 쳐다봤다.

"왜 그러세요?"

"아, 아니다. 아무것도."

자신이 봐도 손녀는 참 예쁘다. 자신의 손녀라서 그런 게 아니라, 어디다 내놔도 예쁘단 소리를 들을 법하다. 정말 너무너무 예쁜데.

'정말 아쉽구만.'

인연이 아닌 것 같다. 절대악과 잘 되었다면 정말 소원이 없었을 텐데.

"할아버지의 의중은 알겠습니다만……."

이주랑은 할아버지가 무슨 생각을 하고 있는지 읽었다. 분명 절대악과 자신이 연인으로 이어졌으면 좋겠다는 생각을 하고 있을 거다. 그리고 그게 불가능하다는 것을 할아버지도, 자신도 잘 알고 있고.

"절대악과 천세송 씨 사이에 끼어들 여……."

여지도 없고 그럴 생각도 없다. 한주혁을 생각하면 가슴이 떨리기는 하지만, 이 떨림은 무덤까지 혼자 가지고 가기로 했다. 구본부의 눈썹이 파르르 떨렸다.

'저 아이……'

말은 안 하고 있지만 할아버지인 자신을 속일 수는 없다.

'절대악을 마음에 두고 있구나.'

마음이 조금 씁쓸해졌다. 이럴 줄 알았으면 진작에 좀 도울걸. 과거로 되돌아갈 수 있다면, 천세송과 한주혁이 만나기 전에 어떻게든 다리라도 놓아줬을 거다.

'그래도 정말 엄청난 발전이구나.'

근 30년간 손녀를 지켜보면서, 손녀의 연애 세포는 존재하지 않는 줄 알았다. 혹시 여자를 좋아하는 게 아닐까 싶을 정도였다.

'좋아하는 사람이 생기다니. 우리 주랑이한테 이런 날이 올 줄이야.'

절대악을 만난 이후로 달라졌다. 손녀에게도 좋아하는 사람이 생겼다. 그 사실만으로도, 구본부는 즐거웠다. 그런데 그때. 절대악의 입에서 예상치 못한 말이 튀어나왔다.

-무리한 요구들은 심히 불쾌합니다.

한주혁이 말했다.

"대규모 실종 사태에 대해서는 심히 유감이고, 이 사태가 하루빨리 해결되어야 한다고 믿고 있는 사람이기는 합니다만."

그렇다고 실종이 한주혁 자신의 책임인 것은 아니다. 그 책임을 자신에게 전가하는 몰상식한 행위는 인정할 수 없다.

"제 분신인 아서를 델리트시켜서 인질을 구출하는 것이 과연 옳다고 생각하십니까?"

모르골로부터 평화를 얻어올 수는 있다. 옥쇄로 인증하면 모르골은 그럴 수도 있겠지.

"모르골과 에르페스는 한 몸입니다. 둘 다. 대공 직위를 가진 태르민이라는 존재에 의하여 조종당하고 있습니다. 에르페스의 황제는 태르민에게 살해당했죠."

에르페스에서 발표한 내용과는 완전히 상반되는 내용이다.

"제가 없어지면? 에르페스는 가만히 있을 것 같습니까?"

감성에 팔려 이성을 잃어버리면 안 된다.

"제 목숨을 팔아 평화를 구걸하면, 평화가 올 것 같습니까?"

한주혁의 말이 빨라졌다.

"지금 이 순간에도, 공개 처형은 진행되고 있습니다. 무려 1분에 1명씩. 귀중한 생명이 사라져가고 있습니다."

한주혁에게 델리트를 해달라고 요청하고, 눈물로 비는 사람들. 그 사람들의 심정 자체를 이해 못 할 건 아니다. 그러나 이해하는 것과 받아들이는 것은 완전히 다른 문제다. 저들의 실종 문제를 해결하기 위해 자신의 것을 버리라고 말하는 것은 결코 정당하지 않다.

란돌은 TV를 보면서 기품있게 말했다.

"인정."

그는 한국어를 알아듣지 못하는 집사에게 품위 넘치는 태도로 말했다.

"인정?"

눈치 빠른 집사가 빠르게 대답했다.

"인정."

이미 저번에 배운 바가 있다. 왕자님의 기품 넘치는 어투를 미리 배워놨다. 이게 바로 사회생활이다.

"오졌습니다. 이것을 기품 있게…… 오져따리, 지려따리. 이러한 식으로 표현하시더군요."

란돌이 고개를 끄덕였다.

"막말로 저들은 절대악에게 그 어떤 이득도 안겨다 주지 않았네. 100원도 보태준 적이 없어. 그런데 이제 와서 절대악더러 델리트를 해달라니. 친한 친구에게도 델리트를 말하기는 어려운 법인데."

정말 친한 친구에게 델리트당하라는 것도 사실 말도 안 되는 일이다. 그런데 생판 모르는 남에게 델리트당하라니. 얼마나 염치없는 일이란 말인가.

한주혁이 계속해서 말했다.

"평화는…… 구걸해서 얻을 수 있는 것이 아닙니다. 저는 이 자리에서 NPC와의 전쟁을 다시 한번 선포합니다."

잠시 숨을 들이마셨다. 카메라 플래시가 연속해서 터져 나왔다. 기자들의 손이 바빠졌다. 전 세계에 현 상황이 중계되고, 속보가 연이어 터졌다. 절대악의 말 한마디, 한 마디가 곧 속보였고 기사 내용이었다.

원칙을 발표했다.

"눈에는 눈. 이에는 이. 원수는 두 배로."

그 말은 곧.

"1명이 공개 처형될 때마다. NPC들의 성 2개가 무너질 것입니다."

말하자면 1분에 성 2채를 부숴 버리겠다는 얘기다. 사실 말도 안 되는 얘기다. 어떻게 1분에 성 2채를 부순단 말인가.

"그것이 가능합니까?"

"가능하지 않으면 얼굴 팔고 이곳에 나오지도 않았겠죠."

이런 질문도 있었다.

"실종된 사람들의 목숨은 별로 중요하지 않게 여기시는 것 아닙니까? 무려 10만에 달합니다."

"지금 10만을 구하려다 100만, 아니, 10억의 인구를 잃을 수도 있어요."

"그것은 지나친 비약 아닙니까? NPC들은 평화를 약속했습니다."

한주혁이 피식 웃었다.

"그 평화. 누가 주장했죠?"

그 평화는 모르골의 NPC들이 주장했다. 7급 장군들. 그중에서도 오성(五星) 장군들이 약속했다.

"그들이 말하는 평화를 믿습니까? 과거로부터 플레이어들을 노예화하려는 야욕을 가진 이들이?"

그들이 말하는 평화는 믿으면서.

"제가 말하는 평화는 믿기지 않습니까?"

NPC들과 절대악 중 누가 더 인류의 편에 가까운지 생각해보면 정말 쉽다.

"납치도 NPC들이 했고, 실종도 NPC들이 시켰습니다. 그런데 그런 NPC들의 말을, 제가 하는 말보다 더 믿습니까?"

말이 안 되지 않은가. 의도했든, 의도하지 않았든, 절대악이 인류를 위해 이바지한 것이 얼마나 많은가. 세상을 얼마나 많이 구했던가.

"시간이 많지 않습니다. 헛된 논의로 시간을 끌 생각 없습니다. 질문은 더 이상 받지 않겠습니다."

한주혁은 질문을 한 기자를 한 번 노려봤다.

"당신의 쓸데없는 질문 한 번에, 또 한 명이 죽었습니다."

빠르게 말을 이었다.

"10만 인질의 위치를 대략적으로 파악했습니다. 저는 NPC들과의 전쟁을 선포하며, 그들을 구출할 것도 약속합니다."

다소간의 피해는 있겠지만.

"인간을 향한 테러와 협상할 생각은 없습니다."

말하자면 저들은 테러범이다. 테러범과의 거래는 없다. 눈에는 눈. 이에는 이다.

"제가 지금 접속해서 어떻게 하는지. 똑똑히 보십시오. 모르골 제국. 양팡 평야에 접속할 겁니다."

한주혁은 공식 석상에서 공언한 대로 모르골 제국의 '양팡 평야'에 접속했다. 그러고는 양팡 평야에 위치하고 있는 데이튼 성을 순식간에 부숴 버렸다.

성을 지키던 NPC들이 외쳤다.

"서, 성이 무너졌습니다!"

목소리가 들려왔다.

"꿇는 놈만 살려준다."

이미 한주혁의 일화는 유명했다. 저번 전투에서도, 무릎을 꿇은 NPC들은 살려줬다고 했다. 그 이후 '충성 서약'이라는 것을 맺어야 한다고 했는데, 어쨌든 그것을 맺으면 산다고 했다.

"으아아악!"

반 수의 NPC가 잿더미로 변했다. 데이튼 성이 무너지는 것에는 10초가 채 걸리지 않았다.

"이동하죠."

한주혁의 발은 워프 마스터였다. 워프 마스터인 이주랑은 NPC들의 변절자라 할 수 있는 '초운'에게서 워프 지도를 받아들었고, 그를 통해 모르골 제국의 숨겨진 필드와 성으로 이동할 수 있게 됐다.

또다른 성. 루판이 무너졌다. 이번에도 거의 반수에 달하는 NPC가 사망했다.

정말이었다. 두 개의 성이 무너지는 데 걸리는 시간은 불과 50초가 채 걸리지 않았다.

-루판성 함락.

-데이튼 성 함락.

이번에도 마찬가지였다.

-성 자체를 부숴 버리는 괴이한 능력!

-절대악. 약속을 지키다.

단 두개의 성에 그치지 않았다. 모르골 제국 외곽에서부터. 조금씩 조금씩. NPC들의 성이란 성은 모조리 부숴 버렸다. NPC들이 중국 플레이어 한 명을 죽일 때마다, 한주혁은 성 두 개를 부쉈다.

NPC들도 절대악의 존재를 조금씩 의식하기 시작했다.

"이거…… 소문이 아닌 것 같은데?"

"정말로 절대악이라는 플레이어가 성들을 격파하고 있다고 하던데?"

사실 일반 백성 NPC들은 전쟁과 큰 관련이 없다. 전쟁은 태르민을 비롯한 고위 간부급 NPC들이 진행하는 거니까. 일반 백성들 사이에 '절대악 열풍'이 불기 시작했다.

"절대악이 나타나는 곳은 어김없이 멸망한다고 하네."

"에이. 설마. 그런 헛소문을 믿는가?"

"헛소문이 아니네! 내 사촌이 루판성에서 살고 있는데. 숨만 쉬니 루판성이 무너졌다고 하네."

"그러니까 헛소문이지! 그게 말이 되나?"

절대악의 존재가 실제다, 실제가 아니다. NPC들 사이에서도 말이 많았다.

그러는 사이. 1분에 무려 성 두 채가 한주혁의 손에 박살이 났다. 몇몇 장면들이 기자들에 의해 포착되었고, 한주혁의 말이 거짓이 아님이 증명됐다.

그와 동시에 세계는 또 다른 사실에 경악해야만 했다. 란돌이 주먹을 불끈 쥐며 자리에서 일어섰다.

잔뜩 상기된 표정의 란돌은, 굉장히 기쁜 표정을 지었다. 그러고서 한국어로 외쳤다.

"이거. 실화냐?"

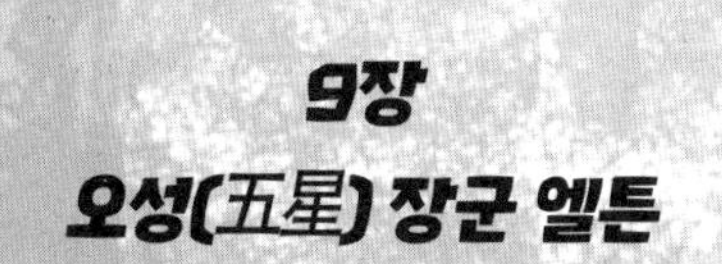

9장

오성(五星) 장군 엘튼

전 세계의 사람들이 열광했다.

"보라고!"

"뭔데?"

사람들이 TV 앞으로, 혹은 컴퓨터 앞으로 몰려들었다.

"구출 작전이라고!"

인질 10만 명 중 1만 명이 갇혀 있는 '유리의 성'이라는 필드에 누군가가 침투하여 1만 명 전원을 구해내는 장면이 생생히 중계되었다.

"1, 1만 명?"

10만 명 중 1만 명을 구해냈다.

"절대악이 말은 무섭게 했어도……."

세계인들 중. 대부분의 사람들은 절대악이 틀린 말을 했다고 생각하지 않는다. 타인을 위해 자신이 가진 모든 것을 버려야 한다? 그걸 누가 납득하겠는가. 그럼에도 불구하고 절대악의 태도가 다소 강경했다는 것은 틀림없는 사실이었다.

"근데 또 몸으로 보여주네."

'유리의 성'은 NPC들이 만들어낸 던전 형태의 필드. 그곳을 클리어하고 인질들을 구출하고 있는 사람들은 다름 아닌 장로들과 칸트였다.

"근데…… 누구야? 플레이어야?"

올림푸스 안에서 보면 누가 NPC고 플레이어인지 구분이 되지만, 영상으로 보면 누가 NPC고 플레이어인지 구별하기 힘들다. 지금이 딱 그랬다.

"글쎄. 절대악 파티치고는 인원이 많은 거 같은데."

"절대악 파티는 아냐. 그 유명한 앱솔루트 네크로맨서도 없잖아."

"어? 저 잿더미를 쪼고 있는 건 꼬꼬잖아."

유리의 성에 침투한 사람들이 누구인지는 JTBN을 통해 밝혀졌다.

-이번 작전에 참여한 인원은 절대악의 수하들로 판명되었습니다.

-제1장로 룩소. 제5장로 베르디. 제9장로 팬더. 에르페스의 젊은 영웅 칸트. 대도 블랙. 그리고 절대악의 펫인 꼬꼬입니다.

그리고 그들의 정체가 NPC임이 밝혀졌다.

"그래. 어쩐지. 플레이어치고 너무 강하다고 했다."

플레이어 중, 겨우 저 정도 인원으로 NPC들이 작정하고 만든 던전을 클리어할 수 있는 사람이 얼마나 있겠는가. 세계 랭커들이라도 힘들 거다.

"저건 문 타이거 아냐?"

그 강력했던 문 타이거가 등장하는 던전. 그런데 그 강력한 몬스터가 어린 여자아이의 마법 한 방에 녹아내렸다.

화면 속 여자. 베르디가 입을 가리고 웃었다.

"오호호호홍! 나는 일을 열심히 해서 주군께 이쁨을 받을 것이란다! 오홍홍홍!"

그녀의 손에서 끊임없이 불길이 치솟아 올랐다. 루펜달은 올림푸스 내. 푸르나에 접속하여 아예 만세를 부르고 다녔다.

"형렐루야 형멘! 형느님이 가는 길이 곧 길이느니라!"

루펜달은 에투모 워프 포탈로 향했다. 에투모 워프 포탈을 점거하고 있는 사람은 다름 아닌 구본부 연합장과 기사 유리엘이었다. 반대편. 모르골 제국 쪽 에투모 워프 포탈은 갈렌티아가 지키고 있다.

유리엘이 말했다.

"용건이 뭐냐?"

"펫 3호도 안 되는 주제에. 말 놓지 마라. 난 펫 1호다."

"……."

유리엘은 당장에라도 저 루펜달의 입을 꿰매 버리고 싶었지만 그러지 못했다.

"나는 지금 당장 모르골로 넘어가 우매한 중국 놈들을 깨우쳐 줄 것이다. 형님이 얼마나 위대한지. 형님의 은총이 얼마나 아름답고 깊은지. 전도를 할 것이란 말이다!"

"……."

너무나 당당한 태도에 유리엘은 할 말을 잃고 말았다. 저놈은 뭘 믿고 저렇게 당당한지 모르겠다.

구본부 연합장이 말했다.

"루펜달이라면 믿을 만한 심복입니다. 모르골로 보내도 될 것 같습니다."

"마음대로 해."

젠장. 내가 왜 여기서 이 짓거리를 하고 있는 거지. 유리엘은 욕하고 싶었지만 할 수 없었다. 충성 서약을 맺은 데다가, 자신과의 약속이기도 했다. 절대악의 명령에 충성해야 했다.

워프 포탈을 이용하는 루펜달의 뒷모습을 바라보며 유리엘은 인상을 잔뜩 찡그렸다.

'플레이어가…… NPC를 상대로 전쟁을 벌인다라.'

그 미친 짓을 누가 할 수 있는가 했더니, 아무래도 절대악이 할 수 있는 것 같다.

'하기야.'

자신이 압도적인 실력 차로 져버릴 줄. 누가 알았겠는가. 세상 참 오래 살고 볼 일이다.

'과연…… 이 절대악 열풍이 멈추지 않을 것인가.'

절대악이 대단한 건 안다. 직접 부딪쳐 봤으니까. 현존하는 그 어떤 플레이어나 NPC보다도 강할 거라고 생각한다. 그렇지만 제국이 여태껏 쌓아온 아성도 무시할 수준이 아니다.

'1분에 성을 두 채씩 무너뜨린다라.'

반항하지 않으면 살려주지만, 무릎 꿇지 않는 자는 무조건 죽인다. 그것이 지금 절대악이 취하고 있는 스탠스였다.

'무서운 자다.'

그가 창을 고쳐 쥐었다.

'이곳은 내가 지킨다.'

에투모 워프 포탈은 에르페스와 모르골을 잇는 중요 지점이다. 반드시 사수해야만 했다.

그는 절대악의 말을 믿었다. 절대악이 반역자가 아니라는 것도 안다. 이 모든 것은 대공이 조작했다. 에르페스의 황제는 절대악이 죽인 것이 아니라 대공 태르민이 죽였다.

'에르페스의 진정한 영광을 위하여.'

절대로 절대악에게 굴복한 것이 아니다. 진짜 아니다. 그는 스스로 그렇게 생각했다.

'절대악에게 복종하는 것이 아니다. 나는 에르페스를 위하여 움직이는 것이다.'

그는 전혀 몰랐다. 자신이 3충성과 비슷한 길을 걷고 있다는 것을. 3충성도 처음에는 자신의 마음 상태를 부정하기만 했다는 것을 말이다.

그런 그에게 구본부의 말이 들려왔다.

"절대악께서 1만의 인질을 구해내는 데 성공하셨다 합니다."

유리엘은 저도 모르게 주먹을 불끈 쥐었다. 사람들을 구출했단다. 억울하게 잡힌, 강제로 '실종 상태'에 빠지게 된 사람들을 말이다.

"그럴 줄 알았……!"

크흠. 헛기침을 했다. 약간 붉어진 얼굴로, 유리엘이 말했다.

"그 정도는 당연한 것이지."

한주혁이 모르골에서 1분에 무려 성 두 채를 부수는, 말도 안 되는 위용을 과시하는 사이. 에르페스의 상위급 NPC들은 반역도인 '아서'와 관련된 많은 퀘스트를 쏟아냈다.

아서에게는 현상금이 무려 700조 골드가 걸렸다.

현재의 700조 골드는 현실의 700조 원과 그 가치가 거의 비슷하다. 일평생 다 쓸 수도 없을 정도의 어마어마한 돈이다. 국가를 움직일 수 있는 천문학적인 금액.

"근데 누가 감히 절대악을 PK하겠어?"

절대악은 플레이어들의 살아 있는 전설이다. 혼자서 성을 부순다. 지금보다 훨씬 약했던 시절에도 범접할 수 없는 경지의 플레이어였다.

"그러게. 절대악이랑 PVP해서 이길 가능성이 0.001퍼센트라도 있으면 눈 딱 감고 해볼 만한데."

"대연합이 마음먹고 레이드했었는데, 실패했잖아."

보스 몹을 레이드하듯, 수십만 명이 팀을 짜고서 움직였었는데 털끝 하나 건드리지 못했다.

절대악은 아예 불가침의 영역이다. 건드릴 수조차 없는, 올림푸스 내에서는 거의 신에 근접한 플레이어. 때문에 올림푸스 내서는 그 누구도 감히 절대악을 공격하려 들지 않았다.

그런데 이상한 곳에서 문제들이 터져 나왔다.

"너 이 새끼! 절대악이지!"

왼손에 태극기를 든 노인 하나가 지나가던 청년 한 명의 머리를 쇠 파이프로 내려치는 사고가 발생했다. 무방비로 쇠 파이프에 얻어맞은 청년은 의식을 잃었고, 급히 병원에 후송되었으나 사망했다.

"내가 사회악을 죽였다!"

노인의 이름은 정대훈. 얼마 전, 절대악의 얼굴이 전 세계에 공공연히 알려졌다. 정대훈은 절대악의 얼굴을 저 스스로는 정확하게 기억하고 있다고 생각했고, 그 기억을 바탕으로 절대악이라 짐작되는 청년을 다짜고짜 공격했다.

정대훈은 진심으로 이렇게 생각했다.

'700조의 재산이 있으면 무죄로 풀려날 것이다!'

돈이 있으면 모든 것이 가능한 대한민국이다. 그는 그렇게 믿었다.

비보를 접한 천세송의 얼굴이 굳어졌다.

"세상에……."

백주 대낮에 사고가 벌어졌다. 정대훈이라는 노인이 죽인 청년은, 사실 절대악과 닮지도 않았다. 그냥 정대훈 혼자 그렇게 생각했을 뿐.

천세송이 입술을 깨물었다.

"비서실장님. 기자 회견 준비해 주시고. 제가 장례식장으로 이동합니다."

천세송은 절대악의 예비 아내로서, 세계 대통령이라 불리는 절대악의 영부인으로서. 자신이 어떻게 행동해야 하는지 잘 알았다.

"오빠는 지금 올림푸스 일로 정신없으니까요. 수습은 제가 합니다."

강재명이 대답했다.

"……알겠습니다."

이건 천세송의 잘못이 아니다. 절대악의 잘못도 아니다. 미치광이 한 명이 700조라는 돈과 잘못된 신념에 눈이 멀어 한 명의 생명을 앗아간 사고일 뿐이다. 그럼에도 불구하고, 세상이 보는 눈은 다를 것이라는 걸 안다.

'세계의 안주인.'

저 어린 나이에 어떻게 저런 침착한 대응이 가능하단 말인가. 요즘 와서 계속 느끼는 건데, 한주혁과 천세송은 천생연분인 것 같다.

천세송의 행보가 알려졌다.

-앱솔루트 네크로맨서. 도의적 책임을 지고 한민혁 군의 유가족 위로.

우연히도, 그 청년의 이름은 '한민혁'이었다. 한주혁과 글자 하나만 달랐다. 천세송은 장례식장을 찾아 유가족을 진심으로 위로했다. 유가족들은 천세송의 위로에 눈물을 터뜨렸다.

한민혁의 어머니는 딸뻘인 천세송의 붙잡고 엉엉 울었다.

"아니에요. 아니에요. 세송 씨에게 잘못은 없죠. 잘못은 없어요. 잘못은 없는데……."

사랑하는 아들을 잃었다. 세상이 무너진 것 같다.

천세송도 같이 울었다. 비통해하는 어머니의 모습을 보자, 천세송도 가슴이 아팠다. 그녀의 등을 쓰다듬어 줬다.

그 모습이 전 세계에 방영됐다. 그 방송을 보던 수많은 이들도 함께 눈물을 흘렸다. 또 일부는 감탄했다.

"연예인 아니냐……?"

"연예인 중에서도 저렇게 예쁜 여자 본 적이 없는데."

TV를 통해 보이는 앱솔루트 네크로맨서의 외모는 도무지 사람 같지 않았다. 미술의 신이 있다면, 그 신이 정성 들여 그렸거나 조각한 예술품 같았다.

외모 자체만으로도 예술이 되는 경지다. 스무 살의, 한 사람을 깊이 사랑하는 천세송의 외모는 그랬다.

"이건 예쁜 것도 아니고……. 아름다운 거지."

"미쳤다. 진짜 대박이다. 괜히 절대악의 여자가 아니구나."

"저 정도면 절대악이 아까운 게 아니라, 앱솔루트 네크로맨서가 아까운 거 아니냐?"

그 직후. 천세송은 공식 석상에 모습을 드러냈다. 꽃다운 나이에 목숨을 잃은 한민혁 군을 진심으로 애도하고, 또한 한민혁 군의 가족들에게 도의적 차원에서 지원을 아끼지 않겠다고 공식적으로 선언했다.

"저는 곧 제 남편이 될, 절대악의 뜻을 대변하기 위해 이 자리에 나왔습니다."

천세송은 그냥 아름답기만 한 사람은 아니었다. 카리스마를 가진 그 어떤 지도자들보다 더욱 단호하고 강력하게 경고했다.

"같은 일이 다시 한번 일어났을 때는. 저희는 결코 좌시하지 않겠습니다. NPC와의 전쟁과 같은 방식으로 보복합니다."

현실에서의 보복은 있을 수 없다. 그렇지만 올림푸스 내에서는 충분히 가능하다. 그것도 두 배로, 아니, 수 배로.

"이번 일 이후로. 같은 일을 벌인 자의 가족들을 전원 델리트시키겠습니다. 자비는 없습니다."

무고한 희생을 막기 위해 초강수를 뒀다.

"분명히 말합니다. 현실에서의 절대악이, 올림푸스에서의 절대악보다 약하지 않다는 것을."

그 말은 많은 것을 시사했다. 전 세계의 첩보 기관과 특수부대가 한주혁의 주변을 호위하고 있다. 또한 한주혁은 올림푸스 문물로 보호받고 있다. 허접한 공격 따위로는 어떻게 할 수 없다는 뜻이다. 허튼 생각하지 말라는 경고였다.

"NPC와의 전쟁에 모두 힘을 합쳐야 할 때입니다. 의식하고 있든, 의식하지 않고 있든, 지금은 전시 상황입니다."

만약 절대악이 없었다면? 정말로 인류는 NPC들의 노예가 되었을지도 모른다.

"NPC들의, 인류에 대한 테러를. 결코 용납하지 않을 것이며, 우리는 그들로부터 평화를 지켜낼 것입니다."

천세송의 당당한 선언은 세계인들의 지지를 받았다. 절대악 열풍에 이어 천세송 열풍이 불어닥치기 시작했다. 앳되지만 결코 어린아이 같지 않았다. 그녀는 과연 절대악의 와이프라 불릴 만했다.

같은 시각, 올림푸스 내에 접속해 있던 한주혁은 '디덴'성에서 무엇인가를 발견할 수 있었다. 최정상급 NPC 한 명의 기운이 느껴진다.

'오성 장군 중 한 명일 것 같은데.'

확실하지는 않지만 느낌이 그렇다. 오성 장군 중 한 명. 아마도 한주혁 자신을 잡기 위해 무엇인가를 준비한 것 같았다.

또 다른 무엇인가가 느껴졌다.

'어라. 저건.'

한주혁이 씨익 웃었다.

그는 익숙한 기운을 느낄 수 있었다.

'오랜만이네, 이거.'

뭐랄까. 반갑다고나 할까.

'마법병기.'

예전에는 참 많이도 맞아봤다. 이런 것도 맞아보고 저런 것도 맞아봤다. 좋았다면 추억이고 나빴다면 경험.

많이 맞아봤더니 저게 무엇인지도 알겠다. 현재 한주혁도 보유하고 있는 마법병기. 이브이였다.

'이브이를 갖고 있어?'

이브이. 한주혁에게는 나름대로 감회가 남다른 마법병기다. 과거, 절대악을 사회 반동분자로 몰아가던 대연합들이 제국의 도움을 얻어 공수했었던 마법병기. 매지컬 콜렉터인 루펜달이 거의 피를 토해가면서 소유권을 훔치는 데 성공한 '2.5급' 마법병기다.

'어디 보자. 이브이의 능력이…….'

한주혁이 기억을 떠올렸다.

〈이브이-특수 강화〉

에르페스 제국의 마도사들이 만들어낸 마법병기. 공성 및 수성 공격에 활용 가능.

등급: 3급

속성:

1)불 2)물 3)뇌 4)악 5)성

특수 능력:

5기 이상이 모이면 화력 시너지 효과 발생. 추가 데미지 +500퍼센트.

특수 강화:

300명 이상의 제물 번제 시 궁극기 타이로닉 사용 가능.

'이브이 5기가 모이면 2급의 힘을 발생시킨다 해서 2.5급이라 했었지.'

한주혁은 거기서 새로운 사실을 하나 깨달을 수 있었다.

'이브이의 설명에는 그 연원이 정확하게 나와 있어.'

이브이는 분명히 '에르페스 제국의 마도사들'이 만들어낸 마법 병기다. 그런데 이곳은 모르골 제국이다.

'그때부터 이미 이어지고 있었구나.'

그 당시 대연합들은 '300명'의 제물을 필요로 했었다. 태르민의 '특수 강화'라는 능력이 더해졌었다.

'지금도 마찬가지겠지.'

지금도 마찬가지다.

'아니, 어쩌면 훨씬 더 강력해졌을지도 모른다.'

그때 300명의 제물을 필요로 했다. 그런데 지금은 수많은 생체 실험을 통해 그 파괴력을 훨씬 더 높였을 가능성이 크다.

'300명이 아니라…….'

어쩌면.

'3,000명이 될지도.'

한주혁이 주변을 힐끗 쳐다봤다. BJ 핵초리가 상황을 방영하고 있었다. 어떻게 알고 찾아오는 것인지, 그냥 운이 억세게 좋은 것인지. 하여튼 잘도 따라다니고 있다.

한주혁이 잠시 걸음을 멈추었다. NPC들의 성을 무너뜨리는 것도 좋지만, 또 사람들에게 정보도 전달할 필요가 있었다.

"또 같잖은 이브이냐?"

한주혁의 목소리는 언제나와 같았다. 그리 크지 않았지만 성내의 모든 NPC들에게 전달이 됐고, BJ 핵초리에게도 똑똑히 전달이 됐다.

그 목소리는, 핵초리의 채널을 통해 전 세계에 방영되었고.

-이브이? 그거 예전에 절대악이 얻은 거 아님?

-지금 프루나에 설치되어 있을 거임.

사람들은 당시의 기억을 떠올렸다.

-그러고 보니 대연합장들이 제국으로부터 얻어 왔었잖아.

당시 파란마음 이사가 주축이 되어 절대악을 공격하려고 했었다. 그때, 그들이 사용했던 무기가 '이브이'고.

-루펜달이 훔쳤을 거임.

한주혁이 말을 이었다.

"태르민의 특수 강화. 플레이어를 제물로 바쳐 궁극기를 발현하는 그 기술이. 진짜로 내게 통할 것이라 생각하나?"

그때는 그냥 에르페스의 개수작인 줄로만 알았는데, 에르페스와 모르골은 이러한 준비를 해왔던 거다. 결국은 플레이어들의 세계인 지구를 침공하여 인간들을 노예화하려고 했었다. 이미 그때부터, 이 모든 것들은 진행되고 있었던 셈이다.

한주혁이 씨익 웃었다.

"타이로닉 따위로?"

그 말에, 성안 망루에서 아래를 내려다보던 오성 장군 중 한 명. 엘튼이 침을 꿀꺽 삼켰다.

"저놈이…… 이브이에 대해서 어떻게 알고 있지?"

게다가 '특수 강화'까지 알고 있다. 이게 어쩐 일이란 말인가.

그런데 또 절대악의 말이 이어졌다.

"공부 좀 해라. 그러니까 발전이 없는 거야."

자신에 대해서 공부를 좀 했다면, 적어도 오성 장군들이 상대하는 절대악이 어떤 길을 걸어왔는지 좀 알았다면, 지금처럼 당황할 일도 없을 텐데.

"뭐. 이해는 한다만."

여태껏 절대적인 권력을 누리면서 살아왔다. 말하자면 고인 물, 아니, 썩은 물이다. 썩은 물에게서 발전을 기대하기란 어려운 법이다.

"관심이 없을 수도 있긴 하지."

당장 한주혁만 해도 러시아에 어떤 일이 있었는지, 미국에 캘리포니아주에 무슨 일이 일어나고 있는지, 아프리카에 무슨 사건이 벌어졌는지 잘 모른다. 주요 관심사가 아니면 모르는 게 당연하다.

"근데 이건 전쟁이잖아?"

그런데 이건 다른 문제다. 전쟁인데. 상대에 대한 공부가 없다니. 오성 장군. 이름만 그럴듯하지, 아무것도 아닌 것 같다.

루펜달은 저 말을 다르게 해석했다.

-지금 형님께서는 공부해 봤자 어차피 안 된다는 것을 설파 중이시다. 뭘 해봐야 안 되는데, 그나마 위안 삼으려면 공부라도 했어야 했다고 혼내시는 것이다!

사실 해석이라고 보기에도 애매했지만 루펜달은 진심으로

그렇게 생각했고, 그 생각이 사실이 되어 다가올 것이라고 확신했다. 루펜달의 머릿속에는 그려졌다. 몇 초 뒤. '디덴'성이 순식간에 무너질 것이라는 것을.

"어디 한번 마음대로 해봐."

3급 마법병기 이브이. 더 강화되었을 마법병기의 힘이 어느 정도일까.

"내 H/P를 1이라도 떨어뜨리면 살려줄게."

"……."

엘튼의 짧은 수염이 바르르 떨렸다. 눈가도 파르르 떨렸다. 손에 들고 있는 대장검도 부르르 떨렸다.

"저놈이 무슨 개소리를 해대는 것이냐……!"

H/P 1을 떨어뜨리면 살려준다고? 저 여유. 저 태도. 모든 것이 마음에 들지 않는다.

"마법사들은 준비를 끝냈나?"

"예. 명령만 내리시면 강력한 중력파를 발생시킬 것입니다."

이제는 이브이가 아니다. 이브이를 모태로 하지만, 이브이를 강화시키고 또 강화시켜 '에비안'이라는 다른 이름으로 진화시켰다. 속성 공격 대신, 강력한 중력파를 발생시킬 수 있다. 힘이 무지막지한 골렘이라 할지라도 한 발자국도 움직일 수 없을 것이다.

"감히……."

그의 푸른 수염이 파르르 계속해서 떨렸다.

"내 앞에서 저따위 여유를 부려?"

오성(五星) 장군. 무려 7급 장군 중 한 명인 이 몸. 엘튼 앞에서? 감히? 플레이어 따위가!

"당장 발포하라!"

한주혁이 걸음을 멈췄다.

알림이 들려왔다.

-궁극기. 타이로닉이 발현되었습니다.

-타이로닉의 기운이 플레이어를 구속합니다.

-강력한 중력파가 플레이어에 집중 작용합니다.

'어라.'

근본적으로 이브이의 능력이 맞기는 하다. 심안을 넘어선 심안이 그것을 느꼈다. 이브이가 맞기는 한데. 또 이브이는 아니다.

'이브이의 진화판?'

엄청난 중력이 느껴졌다. 자신의 몸이 땅으로 파고들어 갈 것 같았다.

물론, 느낌만 그랬다. 실제로 그렇지는 않았다.

'내게로 향하는 이 마나의 파동의 흐름을.'

한주혁이 어깨를 으쓱했다.

'이렇게 뒤틀고. 이렇게 하면 되겠네.'

스스로 무엇이라 말하기는 어려웠지만.

"사라져라."

한주혁은 임의로 이 행위. 그러니까 '사라져라'라고 말하는 이 행위를 '마나에 대한 명령'이라고 표현하기로 했다. 말하자면 지금 마나에게 명령했다.

곧 한주혁을 내리누르던 중력파가 깨끗하게 사라졌다.

"터지면 더 좋고."

퍼버벙!

이브이의 진화판. 에비안이 폭발했다. 그 파편에 얻어맞은 마법사 NPC들이 그 자리에서 사망했다. 파편 중 하나가 엘튼의 복부로 날아갔다. 그래도 명색이 7급 장군 중 한 명인지라, 손에 들고 있던 대장검으로 파편을 쳐냈다.

한주혁이 물었다.

"뭐 하냐?"

"……."

"설마 이게 끝?"

"……."

"진짜 끝?"

"……."

엘튼의 등에서 식은땀이 흘러내렸다.

'에비안이 전혀…… 안 먹힌다고?'

이럴 거라고는 생각조차 못 했다. 에비안의 중력파를 순식간에 없애 버렸다. 어떤 스킬을 사용한 것도 아니었다. 그냥 말로 없애 버렸다.

'진언…… 이라고?'

사람이 저게 가능한가? 진언으로 에비안의 중력파를 무력화시킬 수 있다고? 말 한마디로?

한편, 핵초리는 흥분했다. 절대악은 오늘도 먼치킨의 극치를 달리며 통쾌함을 선사하고 있었다. 저놈들이 뭔가를 엄청 준비하기는 했는데, 그것은 절대악의 털끝 하나 제대로 건드리지 못했다.

-뭐임? 지금 뭐 했음?

-이브이로 뭐 한 거 같은데.

-이브이보다 더 강한 거겠지. 여튼 뭐 한 거 같기는 했음.

-너무 빨라서 못 봤다.

엘튼의 눈이 날카롭게 주변을 훑었다.

'첩자가 있는 것 같다.'

마법사들 중 누군가 첩자가 있다. 그래서 에비안을 이상하게 조작한 것 같다. 그렇지 않고서야 상황 설명이 안 된다.

"첩자는 누구냐!"

누구인지 모르겠다. 옆에 선 기사들에게 명령했다.

"마법사들. 전부 죽여."

모르겠으니 전부 죽이는 게 나을 것 같다. 그게 속 편하다. 어차피 6기의 에비안 전부 폭발했고, 마법사는 있으나 마나 한 존재들이다. 한번 쓰고 버리는 소모품들.

기사들의 검이 마법사들의 심장을 찔렀다. 그제서야 엘튼은 여유를 되찾았다.

"이제 네놈의 끄나풀은 없다."

에비안이 통하지 않았다. 하지만 에비안이 끝이 아니다.

그런데 한숨 소리가 들려왔다.

"머리 나쁘기로 작정한 거냐, 아니면 진짜 나쁜 거냐? 아니면 학습 능력이라는 게 없는 거냐?"

한주혁이 성벽 앞에 섰다. 주먹을 들어 올렸다.

"성벽 안에서 보호받고 있는 이브이를, 부쉈잖아. 내가."

그런데 마법사들을 첩자로 몰아 죽이다니.

"근데 무슨 첩자 타령이야?"

한주혁이 주먹을 뻗었다.

쿠구궁!

소리와 함께 성벽에 금이 가기 시작했다.

BJ 핵초리가 흥분했다.

-절대악이 또 성벽을 부쉈습니다! 주먹 한 방입니다!

그 표현이 정확했다. 한주혁의 주먹 한 방에 성이 무너졌다. H/P가 0이 된 것이 아니라 아예 파괴됐다. 성을 이루는 근간인 크리스탈도 박살 났다.

"그냥 부서지라고 말만 해도 되기는 한데."

어느새 한주혁의 몸은 엘튼 앞에 서 있었다.

"손맛이 좋아서."

한주혁에게는 심검의 묘리도 있지만 '평범하지 않은 강력한 주먹'의 묘리도 있다.

주먹을 뻗었다. 주먹에 얻어맞은 엘튼이 약 10미터 정도 뒤로 날아가 벽에 부딪혔다. 벽 세 개를 연달아 부수고 땅에 떨어진 엘튼은 쿨럭! 쿨럭! 하고 거칠게 기침했다.

한주혁이 자신의 왼쪽 손목을 바라봤다.

"내가 말했지?"

놈들은 1분에 한 명씩 플레이어 한 명을 죽이고 있다. 잔인하게. 공개 처형으로.

"2배로 갚아준다고."

에비안을 제작하면서 또 얼마나 많은 플레이어들이 희생되었을지 모른다.

"타이로닉. 어떻게 썼냐?"

-300명 이상의 제물 번제 시 궁극기 타이로닉 사용 가능.

중요한 건 제물 '번제'라는 거다. 번제라 함은 제물을 태운다는 뜻이다.

엘튼의 몸이 불에 휩싸이기 시작했다. 한주혁이 어떤 마법을 사용한 건 아니었다. 말로 한 것도 아니었다. 쳐다보기만 했는데 불타기 시작했다.

한주혁이 전 세계에 특수 강화에 대해 설명했다.

"300명 이상을 불태워서 제물로 삼으면. 타이로닉을 사용할 수 있잖아. 지금 넌 그걸 쓴 거고."

엘튼이 크아아악! 비명을 지르면서 발악했다.

"그래! 그게 뭐 어떻단 말이냐! 너희 인간들은 우리의 노예일 뿐이다!!"

노예들을 불태우는 것. 그건 별거 아니다. 충분히 있을 수 있는 일이다. NPC도 아니고 인간이지 않은가. 인간들 불태우는 것과 NPC를 불태우는 것은 엄연히 다르다. 엘튼은 진심으로 그렇게 생각했다.

"누가 주장했던 거랑 비슷하네."

신귀족들이 눈앞에서 아른거리는 듯했다.

한주혁이 말했다.

"부활을 꿈꾸고 있다면 꿈 깨."

일반 병사들이라면 몰라도, 장군급 NPC들에게 베풀 자비는 없었다. 이미 여기까지 왔다. 돌이킬 수 없다. 할 땐 하는 모습을 보여야 한다. 그게 아군에게도, 적군에게도 좋다.

"영원히 부활하지 못할 테니까."

불에 타오르면서도, 그래도 마지막 희망의 끈을 잡고 있던 엘튼은 순간 머리가 멍해졌다. 딱 한 번. 운 좋게 오성 장군 중 막내인 이스탁을 죽인 줄 알았는데 그게 아닌 것 같다. 하급 NPC가 아닌, 상급 NPC를 정말로 죽일 수 있는 권능을 가진 것 같다. 상대를 얕봐도 한참 얕봤다는 사실을, 너무 늦게 깨달았다.

엘튼이 입술을 깨물었다. 마지막 힘을 짜내었다.

-정보 공유.

-절대악에 관한 소문은 모두 사실.

-절대악에 대해 최고 등급의 적색경보 발령.

다른 오성 장군들에게 정보를 공유했다. 방심하지 않도록. 절대로 방심하면 안 될 상대다.

'아니.'

방심을 하지 않더라도 어떻게 될지 모르는 상대. 겨우 에비안 따위로는 어떻게 할 수 없는, 절대자의 영역에 가까운 상대였었다.

저 말이 맞았다. 공부를 해왔어야 했다. 상대가 '플레이어'였기 때문에, 너무 안일했다. 막내를 운 좋게 죽이고, 또 운 좋게 명성을 떨치고 있다고 생각했다. 그런데 그게 아니었다.

엘튼이 크게 외쳤다.

"잠깐!!"

무엇인가 정말로 중요한 것을 말하려는 듯. 그의 표정은 절실했고, 또 진심이 담겨져 있었다. 한주혁이 대답했다.

“어. 꺼져.”

엘튼이 잿더미가 되었다. 그런데 그때 하늘에서 무엇인가가 떨어져 내렸다.

엘튼은 분명 무엇인가 중요한 것을 말하려는 듯 ‘잠깐!’ 하고 외쳤었다. 한주혁은 그 잠깐의 틈을 놓치지 않았다.

‘뭔가를 하겠네?’

그동안 많은 것을 배워온 한주혁이다. 저들이 무엇인가 화려하고 멋있는 것을 하면, 이쪽이 더욱 돋보인다. 한주혁은 그 사실을 아주 잘 알고 있다.

‘좋든 싫든 나는 영웅이 되어야 해.’

그리고 그 영웅은 멋있으면 멋있을수록 좋다. 적어도 사람들이 보기에는 그래야 했다.

그래서 일부러 완전히 죽이지 않았다. 진심으로 엘튼을 죽이고 싶었다면 ‘부활’ 자체가 불가능하도록, 이스탁과 마찬가지로 완전히 죽일 수 있었겠지만 일부러 그렇게 하지 않았다.

하늘을 올려다봤다.

‘저건 뭐냐?’

하늘에서 무엇인가 떨어져 내렸다. 한주혁은 직감적으로 저것이 무엇인지 알 수 있었다.

‘엘튼?’

엘튼의 잿더미는 여전히 눈앞에 있는 상태.

"아. 그게 본체?"

쿵! 소리와 함께 무엇인가가 땅에 닿았다. 온몸이 도마뱀과 같은 비늘로 덮여 있는 사람 형태의 무엇인가였다.

엘튼이 웃었다.

"흐흐흐흐흐."

엘튼은 절대악이 아주 위험한 놈이라는 것을 인지했고, 방심은 하면 안 된다는 것도 알아차렸지만 지금 이 순간은 그 모든 것을 잊을 수 있었다.

"죽음의 위협이…… 나를 새로 태어나게 했다."

"……."

한주혁이 보기에는 그냥 그렇다. 온몸에 비늘이 덮였고, 마치 눈이 파충류와 비슷했다. 황금색 눈동자. 얇게 변한 고양이의 눈동자 같은 그것은, 살기를 잔뜩 내포하고 있었지만 한주혁에게는 전혀 위협이 되지 못했다.

"네가 한껏 떠드는 것 치고는 능력이 미약하구나."

만약 저놈이 정말 제대로 큰 힘을 가지고 있었다면, 자신은 이렇게 본체로 모습을 드러낼 수 없었을 거다.

"용족. 드라곤의 힘을 이끌어낼 수 있는 조건을 만들어주다니. 어리석고도 무모하구나."

한주혁은 엘튼을 다시 한번 살펴봤다.

"용족? 드라곤?"

드라곤이라는 종족이 있었나. 적어도 한주혁의 머릿속에는 없었다.

'죽음의 위협에서 가까스로 벗어나면 좀 더 강해지는 그런 건가?'

사실 한주혁에게는 의미 없었다. 놈이 본체로 돌아왔든, 아니면 신체 개조를 해서 강해졌든. 진화를 했든. 어차피 그놈이 그놈이다. 원래 그냥 개미였다면, 이제는 전투 개미쯤 되겠다. 어차피 개미다.

"네놈은 이제 나의 속도를 따라오지 못할 것이다."

"그래?"

"일격에 나를 죽이지 못했으니."

엘튼이 피식 웃었다. 그의 미소에는 여유가 가득했다.

"이후의 일은 네가 책임지면 될 것이다."

그 책임은 곧 죽음이 될 거다. 그리고 그 죽음은 결코 평안하지 못할 것이다. 감히 자신의 동생이라 할 수 있는 이스탁을 죽이다니. 플레이어 주제에 감히 오성 장군 중 한 명을 죽이다니.

"그 책임은 아주 무거울 거야."

무겁기도 하고 무섭기도 할 거다. 아주 많이 고통스럽고 힘들 거다.

"결코 편히 죽이지는 않겠다."

세상에서 가장 끔찍한 경험을 하게 해주리라.

엘튼이 목을 돌렸다. 우드득 소리가 났다. 손가락 마디도 꺾어서 뚝! 뚝! 소리를 냈다. 엘튼은 본래 사용하던 대장검도 바닥에 버려 버렸다. 한주혁은 신경조차 쓰지 않은 채, 어깨를 돌리며 가볍게 몸을 풀었다.

한주혁은 그저 가만히 놈을 바라보기만 했다.

"……."

어디. 뭐든 해봐라. 이왕이면 가장 화려하고 멋있는 걸로 부탁한다. 강하든 강하지 않든 그건 중요하지 않다. 한주혁은 이미 알고 있다. 저놈이 무슨 수작을 부리든 자신보다 약하다. 그것도 아주 많이. 그러니까 강한 건 의미가 없고, 화려한 것이 중요하다.

'그래야 내가 돋보이지.'

한주혁은 겉으로는 약간 긴장한 모양새로, 하지만 속으로는 여유롭게 기다렸다.

먼발치서 촬영하던 BJ 핵초리도 긴장하기 시작했다.

-방금까지 절대악을 경험했던 엘튼 장군입니다. 그런데 그 엘튼 장군이 이제 자신만만하게 절대악에게 경고하고 있습니다. 이건 뭘 의미하는 것이겠습니까? 형님들. 이번에는 진짜 위험한 적이 나타난 것일지도 모릅니다!

핵초리의 그럴듯한 상황 설명에 사람들은 저마다의 의견을 쏟아냈다.

-용족이라는 거 처음 봄. 처음부터 저런 모습으로 안 나타났던 건 절대

악을 봐주고 있었다는 거 아님?

-방금 절대악도 제대로 대응하지 못했음. 분명 절대악은 잴 죽이려고 했었음.

사람들이 보기에 엘튼은 이스탁과 달랐다. 이스탁은 쉽게 죽었다. 부활해 봤자 딱히 의미 없을 정도로. 그런데 엘튼은 '용족 드라곤'이라는 소개와 함께 강력한 보스급의 기운을 뿜어내고 있다. 사람들이 보기에는 그랬다.

-어? 안 보인다.

-핵초리! BJ 놈아. 잘 좀 찍어봐!

핵초리의 실력으로는 엘튼의 움직임을 읽을 수 없었다. 엘튼이 보이지 않았다. 핵초리가 중계하는 화면에는 절대악만 서 있었다.

핵초리가 비명을 질렀다.

"으악!"

하마터면 엉덩방아를 찧을 뻔했다. 시퍼런 무엇인가가 눈앞을 슥 스쳐 간 느낌이었다. 목에 저릿저릿한 느낌이 들었다.

핵초리는 자신의 목을 매만졌다.

"허억…… 허억……!"

방금 그 느낌. 뭔지 모르겠다.

'뭐, 뭐지? 방금?'

목이 잘릴 것만 같은 불안감. 올림푸스에서는 느낄 수 없는 형태의 공포가 느껴졌었다. 검은 잿더미가 되어 죽는 것보다, 훨씬 더 끔찍한 형태의 고통이 느껴졌을 것만 같은 느낌이 들었다. 올림푸스를 플레이하면서 처음 느끼는 감정이었다.

-BJ 뭐 하냐? 왜 아무도 안 보이냐?

-화면 좀 잡으라고!

시청자들은 아무것도 보지 못했다. 그야말로 화면에는 아무것도 보이지 않았다. 무너진 디덴성만이 덩그러니 남아 있을 뿐. 그리고 저만치 하늘을 유유히 날고 있는 꼬꼬의 그림자만이 조금씩 잡힐 뿐. 핵초리의 화면에는 아무것도 없었다.

'어디! 어디지?'

절대악과 엘튼의 모습이 보이지 않았다. 그때 목소리가 들려왔다.

"하려고 했던 게 혹시 이거야?"

핵초리가 황급히 그쪽으로 화면을 잡았다. 자신을 용족 드라곤이라 밝힌 엘튼이 자신의 목을 매만졌다.

'뭐, 뭐지?'

방금 자신의 목이 베인 것 같은 기분이 들었다. 그런데 멀쩡했다.

"뭐 얼마나 빠른가 봤더니. 엄청 느린데?"

좀 아쉽게 됐다. 핵초리의 실력으로는 이 상황을 잡지 못했을 거다. JTBN 이상호 기자나 손석기 정도는 와야 제대로 중계할 수 있을 텐데.

그래서 친히 설명해 주기로 했다.

"네가 먼저 움직여서 저 플레이어를 죽이려고 했잖아. 목을 이렇게 스윽- 해서."

한주혁이 손가락으로 자신의 목을 스윽- 긋는 시늉을 해 보였다.

핵초리는 침을 꿀꺽 삼켰다. 아까 자신이 느꼈던 그 느낌이 진짜였던 것 같다.

"거슬리는 벌레를 죽이기 위해서였지."

엘튼도 한주혁이 저 플레이어를 신경 쓰고 있다는 사실을 알았다. 저 플레이어에게 무엇인가 버프를 받고 있나? 어떤 중요한 역할을 하고 있나? 그렇게 오해했기 때문이다.

"근데 너무 느리던데. 내가 뒤늦게 쫓아가서 너 밀어내고, 네 목을 내가 그었잖아."

한주혁이 피식 웃었다.

"일부러 힘은 안 줬어."

한주혁 자신의 기준에서는 많이 느린데, 핵초리 입장에서는 너무 빠르다. 그래서 핵초리가 화면을 못 잡는다. 고수들의 싸움은 오히려 간단하고 쉽게 끝나는 경우가 많다. 그러한 경우.

그다지 임팩트가 없다.

'영웅 되기 쉽지 않네.'

마음만 먹으면 그냥 심검으로 끝내면 된다. 한주혁이 손가락으로 엘튼을 가리켰다.

"너는 이미 죽어 있어."

엘튼은 흠칫했다.

'진언?'

하지만 괜찮았다. 진언이 아닌 듯했다. 크하핫! 하고 웃었다.

"그럼 그렇지. 진언을 아무렇게나 마구잡이로 사용할 수 있는 줄 알았더냐?"

지금 꼴에 여유를 부리고는 있지만.

'체력적으로 지친 모양이로구나. 진언 사용도 못 하는 걸 보니.'

이제 저놈의 진언도 끝이다. 더 이상 그러한 권능을 사용하지 못할 거다.

"압도적인 체력. 압도적인 스피드. 그것이 용족. 드라군의 힘이다. 네놈의 잔재주는 더 이상 통하지 않을 것 같구나."

한주혁이 머리를 긁적거렸다.

"거 참. 말 많네. 솔직히 말해봐."

"……."

"어디 가서 찌질하단 말 많이 듣지?"

한주혁이 혼자서 고개를 끄덕였다.

"괜찮아. 좀 찌질하면 어때?"

핵초리는 핵초리 나름대로 감명을 받았다. 지금 상대는 무려 오성 장군 엘튼이다. 플레이어들은 한번 보지도 못했을, 무려 7급 장군급에 속하는 최상위급 NPC. 그런 NPC에게 저런 돌직구를 마구 날려댈 수 있다니.

'방송 분위기는 엄청 좋구나!'

채팅창에는 'ㅋㅋㅋ'가 도배된 상태.

한주혁이 말했으나, 엘튼은 여전히 여유로웠다.

"뚫린 입이라고 함부로 지껄이는구나."

두둑-! 드드드득-!

무엇인가가 엘튼의 살갗을 뚫고 튀어나왔다.

한주혁은 그것이 무엇인지 알 수 있었다.

'날개?'

천사의 날개와는 달랐다. 박쥐의 날개 같은 느낌에 가까웠다. 얇은 피막으로 덮인 날개. 그 날개에서는 체액이라 짐작되는 끈적한 녹색 액체가 뚝뚝 흘러나왔다.

"드라군의 특수 능력을 특별히 개방해 주겠다."

"오…… 특수 능력도 갖고 있었어?"

등을 뚫고 나오는 날개라니. 기괴한데 나름 신선했다.

"나의 모든 능력이 대폭 증가되지."

그러고서 휘파람을 불었다.

휘이익-!

휘파람 소리가 들려오자 구름 사이사이를 뚫고 무엇인가가 모습을 드러내기 시작했다.

"또한 나의 능력으로 대군단을 부릴 수 있게 된다."

"오."

신기했다. 구름을 뚫고 모습을 드러낸 것들은 모두 엘튼과 비슷한 형태의 용족들이었다.

'음. 의지가 없는 용족인가 보네.'

말하자면 인형술사 Siri의 능력과 비슷한 것 같다. 용족의 신체를 가진 인형들에 가까웠다.

기세가 잔뜩 살아난 엘튼이 자신만만하게 말했다.

"드라군의 힘은 상상을 초월한다."

"그래?"

"용족의 힘을 끌어내게 한 것은……. 칭찬해 주마. 어리석었지만 플레이어치고는 대단했다."

한주혁이 고개를 갸웃했다.

"그런 것치고는 너무 허접한 거 아니냐?"

하늘에서는 공중전이 벌어진 상태다.

키에에에에엑-!

괴성이 터져 나왔다. 꼬꼬가 하늘을 누볐다.

BJ 핵초리가 하늘을 잡았다. 하늘에서는 하늘의 제왕 꼬꼬가 수많은 용족들을 쪼고 발톱으로 낚아챘다. 꼬꼬의 모습은 마치 양 떼를 습격한 사자와도 같았다.

"내 펫한테도 안 되는데?"

진지한 표정으로 물었다.

"용족. 센 거 맞아?"

물론 순수 능력으로는 꼬꼬가 용족보다는 약할 수도 있다. 하지만 지금은 한주혁이 돕고 있다. 굳이 '악신의 가호'라는 스킬을 사용하지 않아도 된다. 한주혁의 의지가 있는 곳에 마나가 움직인다. 한주혁의 의지가 꼬꼬를 돕기 원했고, 절대자의 의지는 꼬꼬를 훨씬 더 강력한 제왕으로 탈바꿈시켰다.

한주혁은 두 발을 땅에 붙인 상태로 하늘의 상황을 정확하게 읽었다.

'저놈은 그냥 심검으로 죽이고.'

혹시라도 꼬꼬에게 위협이 될 만한 놈들은 심검을 통해 그냥 죽였다. 거창한 움직임이나 스킬도 필요 없었다. 그냥 죽으라 생각하면 죽었다. 땅에 떨어져 내렸다.

엘튼은 이 상황을 이해할 수 없었다.

'저놈은 왜 떨어져?'

지상 최강의 종족이라 생각하는 드라군. 물론 진짜 드라군은 아니지만 드라군에 근접한 능력을 가진 인형들이 갑자기 왜 픽픽 쓰러진단 말인가.

'진언도 아니고.'

진언을 사용하는 것도 보지 못했다. 그렇다면 저 펫의 능력이 그렇게 대단하다는 것인가. 그런 것 같다. 그렇게밖에는 해석이 안 된다.

'안 되겠군.'

펫이 생각보다 너무 강력하다. 어쩌면 절대악 저놈보다 펫이 더 강할 수도 있겠다. 실상 절대악은 테이머였는지도 모를 일이다.

'펫이 강하다면.'

그러면 주인을 죽이면 된다. 주인 잃은 펫은 두렵지 않다.

엘튼이 정신을 집중했다. 눈을 잠시 감았다가 떴다.

"이것이 진정한 심검이다."

한주혁이 NPC들에게 그러했듯, 엘튼이 엄숙하게 말했다.

"오만이 극치에 달한 네놈 절대악에게 나, 오성 장군 엘튼이……."

그의 눈에 살기가 어렸다. 그의 모든 기감이 한주혁을 향했다.

"사형을 선고한다."

한주혁이 검지와 중지를 꼬았다. 엘튼은 이해할 수 없는 손동작이었다. 그리고 엘튼의 입장에서는 전혀 이해할 수 없는 스킬명(?)이 들려왔다.

"반사."

10장

꼬꼬의 공격

"반사."

엘튼은 그것이 무슨 스킬명인지 몰랐다.

'스킬?'

진언의 힘을 다했다. 그러니까 이제 스킬을 쓰는 것 같다.

'그래 봤자 의미 없다!'

반사?

'그딴 것이 심검을 이길 수 있을 것 같으냐!'

그렇게 생각했는데.

"컥……!"

피를 토한 것은 절대악이 아니라 엘튼이었다.

엘튼은 가슴을 부여잡았다. 가슴에 불이 붙은 것 같았다. 그 불이 하나의 창이 되어 자신의 가슴팍을 헤집었다.

"이 무슨……!"

반사라는 스킬에 당한 것 같다.

"말했잖아. 반사라고."

일부러 죽이지 않았다. 죽이려고 했으면 진작 죽였다. 지금 죽이기에는 아까운 조연이다.

'아직 뭔가 부족해.'

하늘에서는 자신의 펫이라 할 수 있는 꼬꼬가 드라군의 껍데기를 쓴 인형들을 부수고 있는 중. 그것만으로도 이미 훌륭한 그림이 되기는 했지만 약간 부족한 감이 있다.

엘튼은 여기서 한 가닥 희망을 품었다.

'진짜로 반사시킨 거라면…… 나는 살아 있지 못했을 거다.'

그런데 살았다. 심검을 반사시켰는데 살아남았다?

'정확한 반사는 아니라는 것.'

그리고 놈은 지금 자신을 공격하지 않고 있다. 저놈. 겉과 달리 속은 엉망진창일 거다.

'내 상황이 더 나쁜 건 맞아.'

그렇지만 저쪽의 상황도 그렇게 좋지만은 않을 것이다.

한주혁은 엘튼의 생각을 훤히 읽었다. 저도 모르게 웃음이 나올 뻔했다. 웃음을 꾹 참았다.

'역시나. 아는 만큼 보이고, 보이는 만큼 믿는 거지.'

엘튼의 시야로 자신을 판단할 수 없다. 세상에 숫자가 1부터 100까지만 있는 줄 아는 사람은 '-1'이라는 숫자가 있다는 걸 모르는 것과 마찬가지다.

BJ 핵초리는 흥분했다.

-형님들! 보셨습니까?

-봤음. 반사였음.

-절대악에게 반사 스킬이 있었나?

-근데 포즈가 좀 특이했는데.

검지와 중지를 꼬았다. 스킬과 상관이 없는 것 같다.

올림푸스 매니아에서는 3충성이 현 상황을 분석했다.

-절대악은 이미 시스템 설정에서 많이 벗어난 플레이어임. 스킬 자체가 의미가 없는 상태라고 할 수 있음.

그러한 플레이어가 굳이 요상한 자세를 취해가면서 스킬을 사용한다?

-이건 스킬을 사용한 것이 아니라, 단순히 쇼맨십이라 할 수 있음.

사람들은 처음에 '쇼맨십'이라는 말에 거부감을 가졌다. 상황이 어떤 상황인데 저런 쇼맨십을 부린단 말인가.

-전 세계인들에게 말하는 것임.

3충성의 손가락이 빨라졌다. 심장이 두근거리기 시작했다.

'뭐지?'

3충성이 자신의 상태를 인식했을 때, 그의 손가락은 마치 마법에라도 걸린 것처럼 빠르게 움직이고 있었다.

-7급 장군 NPC. 그중에서도 오성 장군이라 할지라도, 절대악 자신에게는 X밥이라는 사실을 보여주는 극적인 장면이라 할 수 있음. NPC는 지금 혼자 절박해서 발악하는데, 절대악은 여유를 부리고 있는 것임. 절대자의 여유를.

'절대자의 여유'라는 말을 쓰는데 3충성은 자신의 심장이 미친 듯이 뛰는 것을 느꼈다.

'절대자의 여유……!'

자신이 써놓고서도 어휘 선택을 잘했다고 자부했다.

'그래.'

그렇다. 이것이 절대자의 여유다. 3충성의 눈으로 본 절대악은 그랬다.

-절대악은 일종의 여유를 통해 전 세계에 행동으로 말하고 있는 거라 할 수 있음.

절대악이 던지는 메시지는 간단했다.

-두려워하지 말라. 내가 너희와 함께한다. 내가 너희를 돕겠다. 절대악이 이런 메시지를 던지고 있는 것임.

3충성의 손가락이 바들바들 떨렸다. 자신이 썼지만 참 잘 쓴 것 같다.

아니나 다를까. 3충성의 글에는 댓글이 미친 듯이 달리기 시작했다.

3충성은 의자에 축 늘어졌다. 헤헤- 하고 웃는 그의 입가에 침이 살짝 흘러나왔다.

"이것이야말로."

황홀한 경험.

"악르가즘이다."

한주혁은 대중을 움직이는 방법을 안다. 여론을 선동하고 조작하는 것이 일상이라 할 수 있는 집단들과 싸워오면서, 그러한 방법을 스스로 체득했다.

그것을 남용하거나 나쁘게 사용할 생각은 없다. 하지만 지금은 인류가 한마음 한뜻이 되어 인류를 지배하려는 NPC들과 싸워야 할 때다.

'적어도…… 날 방해하지는 않아야겠지.'

그러기 위해서는 적절한 행동들과 연출이 필요하다. 이미 그 사실을 알고 있고, 철저히 그에 맞추어 행동하고 있다. 지금도 마찬가지였다.

한주혁이 피식 웃었다.

"네가 가진 패는 이게 끝인가 보네. 용족."

"그건 네놈 역시 마찬가지 아닌가?"

한주혁의 미소가 더욱 짙어졌다.

"마찬가지라고 하면…… 너는 일단 맞다는 소리잖아."

"……."

멍청한 건지, 아니면 당황한 건지.

"어떻게 오성 장군이 됐냐?"

강함이라는 건 언제나 상대적인 거다. 한주혁도 안다. 지금 한주혁 자신 앞에서는 한없이 어린아이 같고 약한 놈이지만, 일반 플레이어들을 상대로 할 때에는 또 재앙급으로 강한 놈이다. 하지만 그런 건 신경 쓸 문제가 아니다. 어쨌든 중요한 건 자신보다 많이 약하다는 것.

"너무 약한 거 아니냐?"

땅이 부르르 떨리기 시작했다. 무너진 디덴성의 잔해가 박살 나기 시작했다.

디텐성 앞. 필드 전체에 강렬한 바람이 일기 시작했다. 그 바람의 영향에서 자유로운 것은 오로지 절대악과 꼬꼬뿐이었다.

키에에에엑!

불새. 피닉스의 형상을 하고 있는 꼬꼬는 강풍의 영향을 받지 않고서 제왕의 위엄을 과시했다.

그와 동시에 한주혁이 명령했다.

“떨어져라.”

엘튼은 거기서 직감했다.

‘또 진언이라고……?’

그런데 그 진언의 스케일이 아까와는 차원이 달랐다.

‘이럴 수가……!’

하늘에서 많은 것들이 고꾸라져 떨어지기 시작했다. BJ 핵초리가 바닥에 납작 엎드린 채 하늘의 영상을 전송했다.

-보, 보십시오. 드라군들이 떨어져 내리기 시작합니다.

그 숫자가 무려 700에 이르렀다.

-지상 최강이라 주장하던 드라군, 아니, 드라군인지 드라군 인형인지는 모르겠습니다만. 하여튼 7급 장군 NPC가 자랑하는 드라군들 수백 기가 한 번에 정신을 잃고 떨어져 내리고 있습니다.

마치 비처럼 쏟아져 내렸다.

-절대악이 떨어져라 명령하니, 모든 것들이 떨어지고 있습니다.

전 세계의 시청자들이 그 장면을 멍하니 지켜봤다.

-3층성의 말이 맞는 거 같다.

-스킬의 영역이 아냐.

-스킬이 아님. 이건 명령임.

일견, 시스템에 간섭하여 명령을 내리는 것처럼 보였다. 3층성이 주장하는 것처럼 과연 '절대자'라 부를 만했다.

-전부 잿더미로 변하고 있음.

-저 정도 능력의 인형들이 땅에 떨어진다고 해서 죽을 리가 있겠음?

비록 절대악에 비해서는 약하겠지만, 결코 약한 것들이 아니다. 시청자들도 그걸 다 알고 있다. 그런데 땅에 추락했다고 사망한다? 있을 수 없는 일이다.

-이미 죽어 있음.

-이미 죽은 상태로 떨어지는 거임.

그랬다. 절대악의 명령 한 마디에, 수백 기의 드라군들이 생명을 잃은 채 떨어져 내렸다.

엘튼이 몸이 바들바들 떨렸다. 그제야 그는 이 상황을 정확하게 읽을 수 있었다.

'힘을 모두 소진한 것이 아니라…….'

등줄기에 소름이 돋았다. 식은땀이 줄줄 흘러내렸다.

'애초에 나를 가지고 놀았던 것이다.'

자신은 그렇게 생각하지 않았는데, 절대악은 이 상황을 게임으로 즐긴 것 같다.

'아…….'

오히려 허무해졌다. 지상 최강이라 생각했던 용족의 힘이, 저놈 앞에서는 아무짝도 쓸모없어졌다.

"하하…… 하하하하……!"

저도 모르게 웃음이 튀어나왔다. 허무하고 어이가 없었다. 플레이어의 역사는 겨우 200년. 200년 만에 저런 괴물이 튀어나왔다는 것이 말이 되는가.

엘튼은 인정할 수밖에 없었다.

"말도 안 되는 괴물이 탄생했구나."

최고 등급의 적색경보를 울렸었다. 오성 장군들도 이제 절대악을 상대할 때에 더 이상 방심하지 않을 것이다. 방심하지는 않을 건데.

'방심이 의미 없는 상대.'

그는 확실히 알 수 있었다. 7급 장군으로는 어림도 없다. 6급? 6급도 안 된다. 5급도 힘들 것 같다. 아무리 생각해도, 최소 4급 이상의 정상급 NPC들이 나서야 겨우 상대가 가능할까?

'4급도 모르겠다.'

문제는 저 플레이어. 절대악의 끝이 어디인지 아직 모르겠다는 것이다. 끝을 모르기 때문에, 어느 정도의 NPC가 나서야 상대가 가능할지. 가늠이 되지 않았다.

오성 장군들에게 통보했다.

-적색경보를 해지한다.

-경보가 무의미한 상대.

-절대악과 마주치지 않는 것을 강력하게 권고한다.

유언을 남기기로 했다.

-아니, 마주치지 않아야 한다. 이것은 제안이 아니라 부탁이다.

그러고서 다른 오성 장군들과는 연락을 끊어버렸다. 절대악의 끝을 모르니까. 연락이 닿아 있다는 사실을 알면, 다른 오성 장군들도 위험해질 것 같아서.

입술을 깨물었다.

"용족 최후의 힘은."

방금 절대적인 힘의 격차를 느꼈다. 일반적인 방법으로는 어림도 없다.

"심장에서 나온다."

마나의 집약체. 그 어떤 것보다 순수한 마나의 결정체라 할 수 있는 드래곤의 심장. 그것을 '드래곤 하트'라고 부른다. 용족 드라군은 그 '드래곤의 심장'을 섭취한 인간이다. 물론 제대로 된 심장은 아니다. 엘튼은 '드래곤 하트'의 극히 일부분을 섭

취했다. 땅속에 묻힌 지 수천 년이 지나, 그 힘을 많이 잃어버린 드래곤 하트의 조각을 말이다.

한주혁은 보지 않아도 느낄 수 있었다.

'온몸에 마나가 모이고 있네.'

정확하게 표현할 말은 떠오르지 않았다. 그냥 보였다. 몸 전체가 심장인 것 같은 느낌. 그리고 그 심장이 곧 폭발할 것 같은 느낌.

"잘 가라."

대량의 드라군들을 생성시킨 것은 오히려 압도적인 힘의 격차를 보여줄 수 있어서 좋았다. 이미 한주혁 주변에는 검은색 잿더미들이 넘쳐났다. 이제 하나가 더 추가될 거다.

엘튼이 속으로나마 비명을 질렀다.

'안 돼!'

자신의 심장을 폭발시켜야 하는데. 최소한 놈의 팔이나 다리 하나 정도는 가져가야 하는데. 그래야 엘튼의 명성에 맞는 건데 그게 불가능해졌다. 눈앞이 깜깜해졌다.

'놈은…….'

죽는 그 순간에도 머리카락이 쭈뼛 서는 느낌이 들었다.

'진언뿐만이 아니라.'

의식이 흐릿해졌다.

'나보다 훨씬 더 완벽한 심검을 갖추었…….'

플레이어가 심검을 익혔다? 그것도 이렇게 완벽한 심검을?

그럴 수 없다. 그럴 수 없는 게 상식이다. 그런데 이미 상식선에서 생각하면 안 된다. 아니, 이제는 생각이 의미 없어졌다. 그는 더 이상 생각을 할 수 없었다. 잿더미가 되어버렸으니까.

한주혁에게 알림이 들려왔다.

-7급 장군. 엘튼을 사살하였습니다.

-7급 장군 내. 특별 호칭 '오성(五星) 장군'을 확인합니다.

-특별 보상이 진행됩니다.

-특별 보상 '용족 드라군 필드'가 60초 동안 생성됩니다.

한주혁은 순간 미간을 찌푸렸다.

'60초?'

특별 보상이란다. 용족 드라군 필드라는 것이 펼쳐진단다.

'마나가 몰려든다?'

뭐랄까. 눈으로 보이지 않는 커다란 마법진이 이 필드를 덮은 것 같은 느낌이랄까.

'이게 뭐지?'

뭔지는 모르겠지만 놓치면 안 될 것 같은 느낌. 60초의 시간은 짧았다. 벌써 5초가 흘렀다.

'어?'

그런데 좀 이상했다. 아니, 많이 이상했다. 꼬꼬가 갑자기 이상 행동을 보이기 시작했다. 꼬꼬가 자신에게 보이고 있는 것은 틀림없는 '적의'였다.

키에에엑!

꼬꼬가 괴성을 내뱉었다. 꼬꼬의 눈에는 가히 살기에 가까운 기운이 담겨져 있었다.

꼬꼬가 한주혁을 향해 빠르게 날아들었다.

한주혁은 꼬꼬의 현재 상태가 평소와 같지 않다는 것을 느낄 수 있었다.

'재 왜 저래?'

꼬꼬 딴에는 빠르게 날아들었지만 한주혁의 눈으로 본 꼬꼬는 한없이 느렸다. 한주혁은 꼬꼬를 가만히 보고 있기만 했다.

BJ핵초리는 지금의 상황을 이해할 수 없었다.

-꼬꼬가 절대악에게 달려들었습니다!

핵초리의 눈으로 본 꼬꼬는 가히 전광석화와도 같았다. 지금 상황을 눈으로만 보면, 절대악조차도 위험한 게 아닐까 싶었다.

꼬꼬의 전투력도 상상을 초월하지 않는가. 갑자기 꼬꼬가 왜 저러는지 이해할 수도 없고, 그럴 리 없지만 절대악이 조금 위험해 보이기도 했다. 어쨌든 그는 방송을 하는 사람이고 콘텐츠의 재미를 위해 이렇게 말했다.

-어쩌면 위험할 수도 있습니다! 꼬꼬가 이렇게 정색하며 달려든 적은 여태까지 없었으니까요.

그렇게 말한 핵초리는 욕만 잔뜩 얻어먹었다.

-지금 저게 위험한 걸로 보이냐?

-아예 공격이 안 먹히는데?

-븅신이냐?

핵초리는 민망한 듯 뒤통수를 긁적거렸다. 물론 핵초리도 절대악이 진짜로 위험하다고 생각은 안 했다. 그냥 어그로였다.

'아니, 근데 아무리 그렇다고 해도.'

핵초리 본인도 절대악이 위험할 거라고 생각은 안 했지만.

'공격 자체가 아예 안 들어가네?'

꼬꼬가 드라군들을 공격한 것처럼, 절대악을 공격하고 있는데 절대악의 표정은 평온하기만 했다. 공격에 H/P가 전혀 떨어지지 않았다.

'아니.'

이건 H/P가 떨어지지 않는 개념이 아니었다.

-절대악에게는 그 어떤 공격도 통하지 않는 것 아닐까요?

방어력이 강해서 공격이 방어를 뚫지 못하는 것처럼 보이지가 않는다. 꼬꼬의 공격이 그냥 무위로 사라져 버리는 것 같은 그런 느낌에 가까웠다. 핵초리는 중요한 사실 하나를 깨달았다.

-그러고 보니 제가 방송하는 동안…… 절대악은 단 한 번도 맞은 적이 없죠?

생각해 보니 그렇다. 맞은 적이 없다. 말하자면 퍼펙트 킬이었다.

-꼬꼬는 불 속성 펫임. 기본 속성에 불 속성이 덧씌워진다 했음. 절대악은 불 속성에 강한 내성이 있는 거 아님?

-오. 그럴 거 같긴 함.

-절대악이 불에 엄청난 내성이 있다는 건 이미 유명하잖음?

시청자들은 그렇게 생각했지만 실상은 아니었다. 한주혁은 말 그대로 꼬꼬의 공격을 그냥 흘려 버렸다. 물리적으로 맞기는 맞되, 맞지 않는다. 말로 표현하자면 이상하지만 그랬다.

'좋네. 이거.'

절대자가 되면서 공격뿐만 아니라 방어도 자연스러워졌다. 꼬꼬가 어디서 어떻게 공격하든, 저 공격은 자신에게 닿지 않았다. 그냥 흘려 버렸다.

-용족 드라군 필드의 유효 시간이 50초 남았습니다.

한주혁은 양손을 들어 올렸다. 적의가 없음을 표시했다.

"꼬꼬. 너 하고 싶은 대로 해라."

맨 처음. 한주혁은 꼬꼬의 머리를 쥐어박을까 생각했다. 요즘 안 맞았지? 그러고서 교육하려 했다.

하지만 마음을 고쳐먹었다.

'용족 드라군 필드라는 게 생기면서…… 꼬꼬가 미쳐 버렸어.'

꼬꼬의 눈동자에는 살기가 가득했다.

"방해 안 할게. 마음대로 해봐."

한주혁은 분명히 알 수 있었다. 꼬꼬는 지금 거의 광기에 물든 상태다. 평소의 꼬꼬가 분명히 아니다.

'분명 이유가 있겠지.'

한주혁에게는 여유가 있었다. 꼬꼬가 그 무슨 짓을 하더라도, 언제가 됐든 충분히 제압하고 억누를 수 있는 자신이 있다. 그래서 시간을 좀 줬다.

'저 모습은 마치…….'

정말로 한주혁 자신을 죽이기 위해서라기보다는, 한주혁 자신을 쫓아내고 싶어 하는 것처럼 보였다. 제 새끼를 지키는 어미 개 같은 모양새랄까.

'그래. 어디 마음대로 해봐라.'

아량을 베풀었다. 알아서 해보라고. 한주혁이 몇 걸음 뒤로 물러서자 꼬꼬는 날개를 활짝 펴고서 키에에엑! 울부짖은 뒤, 다급히 엘튼의 잿더미를 쪼기 시작했다.

콕. 콕. 콕. 콕.

꼬꼬의 강력한 식탐이 발휘되었다. 꼬꼬의 눈에는 살기가 아닌 탐욕이 가득찼다.

한주혁은 팔짱을 끼고서 지켜보기만 했다.

'뭐지?'

남들이 보기에 평범한(?) 펫일지 모르지만, 꼬꼬는 그냥 펫이 아니다. 숨겨진 조각들. 히든 피스를 찾아내는 능력이 있는 펫이다.

'뭘까?'

뭘 찾아낼 수 있을까. 오늘은 심상치가 않다. 꼬꼬는 완전히 미쳐서, 흰자위가 번득거리는 눈으로 엘튼의 잿더미를 쪼고 쪼고 또 쪼았다.

엘튼의 잿더미에서 무엇인가가 튀어나왔다.

-용족 드라군 필드의 유효 시간이 20초 남았습니다.

오성(五星) 장군 엘튼이 죽었다. 이제 오성 장군은 오성(五星)이 아니라 사성(四星)이 되었다. 엘튼이 사망한 곳은 바로 디덴성. 엘튼은 디덴성에서 사망하면서 다른 장군들에게 최고 등급의 '적색경보'를 내렸다.

그 경보를 듣자마자 또 다른 오성 장군인 혜인이 말 위에 올라탔다.

"장군님! 어디 가십니까!"

"내 동생 구하러."

디덴성은 워프 포탈 하나를 이용한 뒤 전력으로 달리면 15분

내외로 도착할 수 있는 가까운 거리다. 헤인은 가벼운 갑옷 차림과 자신의 무기인 활을 가지고서 워프 포탈로 향했다.

"헤인 장군님!"

"말리지 마."

"헤인 장군님. 아직 왼팔 부상이 낫지 않으셨습니다!"

헤인은 그 말을 무시했다.

부관인 네이탄이 입술을 깨물고, 남들 모르게 작게 말했다.

"제발. 제발 가지 마. 절대악의 힘이 상상을 초월한다는 소문이 벌써 쫙 퍼졌어. 당신 배에 우리의 아이가 있다는 사실 잊었어?"

"……."

헤인은 네이탄을 쳐다보았다. 평소 공과 사가 확실한 남편이다. 그런데 이러한 모습을 보이는 걸 보면, 남편이 정말 다급한 모양이었다.

헤인이 인상을 살짝 찡그렸다.

"지금은 업무 시간이다. 네이탄."

가차 없이 말 머리를 돌려 워프 포탈로 향했다. 속으로만 말했다.

'별일 없을 거야. 걱정 마. 아기랑 나랑 함께. 금방 돌아올 테니까.'

긴 분홍색 머리카락을 끈 하나로 질끈 동여맸다.

"이랴!"

그녀가 향한 곳은 디덴성이 아니었다. 디덴성 근처. 플레이어들에게는 공개되어 있지 않은 필드인 숲 형태의 필드. '네오마르'에 들어갔다.

네오마르에는 오두막이 하나 존재하고, 그 오두막을 통과하면 지하실 필드가 생성된다.

-입장 가능 조건을 확인합니다.

-오성 장군 칭호를 확인합니다.

-지하실 필드가 오픈됩니다.

그녀는 지하실로 향했다. 한참이나 계단을 타고 내려갔다.

어둠 속. 아무것도 보이지 않는 복도를 향해 그녀는 활을 쏘기 시작했다.

으아아아악!

저 멀리서 비명 소리가 들려오기 시작했다. 혜인의 귀에 살려달라는 절규 소리가 들려왔다.

"제발. 제발 살려주세요! 제 배에 아기가 있어요!"

혜인이 혀로 입술을 살짝 핥았다.

"참. 시끄럽네."

플레이어들의 절규 따위. 그다지 들어주고 싶지 않다. 배에 아기가 있다? 그게 뭐가 중요하단 말인가. 그녀의 주무기. 인간의 피를 먹고 성장하는 초월급 마법병기 '카닉서스'의 제물이 되는 것만으로도 영광 아니겠는가.

"화살 하나로 두 마리를 죽일 수 있다면 좋은 거지."

굳이 가까이 가지는 않았다. 플레이어 놈년들이 살려달라고 발광을 해댈 것이 뻔하니까. 궁수란 언제나 도도해야 했다. 상대가 알지 못하는 타이밍에, 상대의 목숨을 노린다.

"맛있니? 카닉서스?"

그녀의 손에 들린 활. 초월급 마법병기 카닉서스는 헤인의 말을 알아듣기로 한 듯 분홍빛의 요사한 기운을 뿜어냈다.

"100명쯤 죽인 것 같네."

정확히 말하자면 102명 죽였다. 임산부 하나를 포함해서. 그 사이 헤인에게도 알림이 들려왔다.

-오성(五星) 장군 엘튼이 전사하였습니다.

-오성(五星) 장군 엘튼과의 연결이 끊어집니다.

-오성(五星) 장군 엘튼의 유언이 전해졌습니다.

유언은 다음과 같았다.

-절대악과 마주치지 않는 것을 강력하게 권고한다.

-아니, 마주치지 않아야 한다. 이것은 제안이 아니라 부탁이다.

헤인은 입술을 깨물었다.

"내 동생을……. 죽여?"

절대악이 강하다는 것은 알겠다. 방심은 하지 않을 거다. 그래서 굳이 이곳에 찾아와 플레이어들을 죽였다. 카닉서스에게 제물을 바쳤다. 플레이어들의 목숨은 카닉서스를 강하게 만들어주니까.

헤인은 자신의 배를 문지르며 다시금 계단을 오르기 시작했다. 그러며 배 안에 있는 아이에게 말했다.

"네 아빠는…… 죽고 말았단다."

남편인 네이탄에게는 미안하지만, 배 안의 아이는 네이탄의 아이가 아니다.

물론 그녀도 정확하게는 모른다. 다른 사람일 수도 있다. 그렇지만 가장 가능성 높은 사람은 역시 엘튼이었다.

"그러니까 엄마가 그놈을 죽일 거야."

카닉서스가 분홍빛을 계속 뿜어냈다. 카닉서스도 흥분한 것 같았다. 플레이어들 중 가장 강력한 플레이어를 사냥하러 간다는 사실이 기쁜 것 같았다.

"카닉서스. 너도 기쁘지?"

그녀의 혀가 입술을 핥았다.

"한번 잡아먹어 보자."

절대악이라는 놈의 피는 맛있을까. 그녀가 말 위에 올라탔다. 곧 도착한다. 달리기로 했다.

엘튼의 잿더미에서 나온 것은 '심장' 형태의 아이템이었다. 한주혁은 그것을 잠자코 두고 봤다. 꼬꼬가 미쳐 있던 것은 저 아이템 때문인 것 같았다. 저 향에 미쳤다고나 할까.

꼬꼬는 허겁지겁 심장을 집어삼켰다. 한주혁에게 알림이 들려왔다.

-제왕급 펫 카리아. 꼬꼬가 드래곤 하트의 일부를 섭취하였습니다.

-용족 드라군 필드의 효과로 인하여 '드래곤 하트'의 능력이 일부 복원됩니다.

꼬꼬의 몸에서 불꽃이 사라졌다.

-꼬꼬가 진화하기 시작합니다.

한주혁은 꼬꼬의 몸에서 일어나는 변화를 꼬꼬보다도 오히려 더 상세하게 알 수 있었다.

'화려한 단계를 벗어나고 있는 중이네.'

불꽃이 사라지고 있다. 오히려 겉으로 봤을 때에는 그 힘이 약해진 것처럼 보였다. 하지만 아니었다.

한주혁 스스로가 잘 안다. 화려함을 넘어서, 오히려 고요하고 간결해졌을 때 훨씬 더 강한 힘이 나온다. 적어도 올림푸스 세계에서는 그렇다. 한주혁이 이미 경험했던 길이다.

'드래곤 하트의 일부라.'

어쩐지. 몬스터 스톤을 아무리 먹여대도 더 이상 강해지지 않는다 했다. 저것이 필요했던 모양이다.

-꼬꼬의 진화가 완료되었습니다.

-꼬꼬의 상태창을 활성화시키시겠습니까?

2. 카리아(네임: 꼬꼬)-완성형 몬스터

(1) 설명:

황금 눈 독수리의 돌연변이. 세계 각지를 떠돌다 카고누스 산맥의 제왕으로 자리 잡음. 몬스터 스톤과 골드를 매우 좋아함. 주인을 만나 길들여진 황금 눈 독수리. 그러나 무한에 가까운 에너지 공급과 강력한 화기(火氣)의 융합을 통하여 완전히 다른 종인 불꽃 새. 주작의 형태로 진화한 이후, 드래곤 하트를 섭취하여 완성형 몬스터로 진화하였음. 모든 속성의 기운을 다룰 수 있으며 드래곤을 제외한 모든 형태의 생명체에 대하여 상성 우위의 속성을 가짐.

(2) 레벨: MAX

(3) 등급: 신급

(3) 특징:

-언어를 완벽하게 알아들을 수 있는 능력이 있음.

-상대의 레벨을 파악할 수 있음.

-통합 속성.

-히든 피스를 주인과 공유할 수 있음.

-신급 이하의 물리 공격에 완벽한 내성.

-신급 이하의 마법 공격에 완벽한 내성.

(4) 성장 요건:

-성장 불가.

(5) 스킬

-스킬 없음.

(6) 성향:

-?

참 많은 것이 변했다. 레벨은 이제 MAX로 표기되었으며 성장형 몬스터가 아닌 완성형 몬스터로 표기되었다.

'스킬도 전부 사라졌고.'

마치 자신과 같았다. 한주혁 자신도 스킬이 전부 사라지지 않았는가. 그렇다고 꼬꼬가 자신처럼 심검을 구사하는 건 아닌 것 같지만, 원래의 꼬꼬보다 훨씬 더 강해진 것은 알 수 있었다.

'맞으면 아파함. 먹을 것에 약함. 완벽한 복종. 속성들이 전부 사라져서 물음표로 변했고.'

'사육된 돌연변이. 제왕으로서의 마인드가 모두 사라짐'이라는 속성도 사라졌다.

대신 특징 중에, '히든 피스를 주인과 공유할 수 있다'라는 특징이 추가되었다. 이제는 꼬꼬의 눈에 보이는 히든 피스가 한주혁 자신에게도 보인다는 얘기다.

'그렇단 말이지?'

뭔가 많이 변한 것 같다. 꼬꼬는 처음 만났었던 그때와 비슷한 모습으로 돌아가 있었다. 깃털은 검은색이지만 느껴지는 기운 자체는 '악'이나 '불'은 아니었다.

'통합 속성이라 그런가 보네.'

통합 속성. 모든 속성을 포함하고 있다는 말인 것 같다.

'내 속성인 혼돈이랑 비슷한 모양이네.'

모든 힘을 다 내포하고 있는 펫. 괜찮은 것 같다.

"그래. 뭐. 내 펫이면 이 정도는 되어야지."

BJ 핵초리는 열심히 상황을 중계했다. 뭐가 어떻게 된 건지는 모르겠다. 꼬꼬가 왜 약해졌는지도 모르겠다.

-꼬꼬가 좀 약해진 거 같습니다.

일단 이 상황도 잘 모르겠는데, 더더욱 이해할 수 없는 상황이 연이어 벌어졌다.

-이, 이건 도대체 무슨 상황이죠? 형님들? 저만 모르겠는 거 아니죠?

꼬꼬는 자신의 몸에서 벌어진 변화를 알아차렸다.

키엑?

나 세진 것 같다.

예전과는 다르게 조금 더 고차원적인 생각도 할 수 있게 됐다. 인간의 언어를 더 자연스럽게 받아들일 수 있었다. 예전에 일반적인 새의 모습으로 돌아왔지만 이것은 긍정적인 변화라는 것을 본능적으로 알아차렸다.

키엑!

눈앞에. 저만치 앞에 있는 주인이 보였다.

덤벼볼까?

방금 자신의 공격에도 몇 걸음 뒤로 물러섰다. 그런데 아까보다 훨씬 강해진 지금이라면 어쩌면 주인을 이길 수 있지 않을까?

키엑!

주인은 강하다. 근데 어쩌면 내가 더 강하다.

지능이 많이 높아진 꼬꼬는 높아진 지능을 가지고 마음껏 상상의 나래를 펼쳤다.

내가 더 강하면 나도 주인이 될 수 있다. 주인은 블랙 스톤이라는 아주아주 맛있는 것을 드랍시키는 거의 유일무이한 존재다. 블랙 스톤은 아주 맛있다.

키엑!

꼬꼬는 고개를 저었다.

식욕이 예전만큼 왕성하지 않았다. 그것도 그렇고. 상상의 나래를 펼쳐봐도 주인에게 대들어서 이길 수 있을 것 같지가 않다. 왠지 아까도 그냥 져준 것 같은 그런 느낌이었다.

키엑.

꼬꼬는 저벅저벅 걸어서 한주혁 앞으로 갔다. 머리를 한주혁의 배에 비볐다.

그래. 싸우면 안 돼. 주인이 더 강할 거야. 주인 밑에 있어도 난 행복해. 제왕 카리아. 꼬꼬는 그렇게 결론짓고서 한주혁에게 대들지 않기로 했다.

한주혁이 물었다.

"먹을 것 다 먹었냐?"

순간, 꼬꼬는 무엇인가 위험한 것이 다가오고 있다고 느꼈다.

키에에에에엑!

꼬꼬가 비명을 질렀다. BJ 핵초리의 눈으로 보기에 꼬꼬는 약해진 것이 틀림없었다.

-아까까지는 절대악에게 살기마저 내보이던 꼬꼬였는데 지금은 오히려 약해져서 비명을 지르고 있습니다. 뭘 잘못 주워 먹은 것 같습니다!

이유는 모르겠지만 꼬꼬가 약해진 것은 틀림없었다. 눈으로 보이는 꼬꼬는 분명 약해졌다.

"주인한테 대들어?"

한주혁은 딱히 화가 나지는 않았다. 이 정도로 화가 나기에 한주혁은 지나치게 강했다. 강한 만큼 여유로웠고, 여유로운 만큼 화가 나지 않았다.

그래도 그건 그거고, 이건 이거다.

"누가 그렇게 가르쳤냐?"

한주혁이 주먹을 뻗었다.

키에에엑!

꼬꼬는 하늘로 날아오르려고 했다. 지금 이 순간. 꼬꼬는 누구보다 빠르고 누구보다 강력한 날개를 가지고 있었다.

난다!

하늘로!

저 멀리!

높아진 지능으로 그렇게 생각했지만 그 생각은 물거품이 되어 사라졌다. 하늘로 날아오를 수 없었다. 주인이 뭘 어떻게 한 건지는 모르겠지만 날 수 없었다. 구속되었다.

키에에엑!

아프다! 많이 아프다! 아프다!

한주혁은 공중에 뜬 상태로 꼬꼬의 머리를 수차례 내려쳤다. 일명, '꿀밤'이라고 불리는 공격 형태로 한주혁은 과거 이 꿀밤으로 한국의 랭커들을 몰살시켰던 적이 있다.

키에에에엑!

꼬꼬는 날개를 휘저으며 고통을 표시했다.

"말 잘 들어야겠지?"

한주혁의 주먹은 예전의 주먹과 다르다. 생명에 지장을 주지는 않지만, 고통은 아마 예전의 주먹보다 훨씬 더 심할 거다.

꼬꼬는 아마 지금 죽지 못해 사는 느낌이 들 거다.

꼬꼬는 고통 속에 몸부림치며 생각했다.

키엑.

죽겠다. 이러다 진짜 죽을 것 같다. 주인 놈이 나를 죽이려고 한다.

아까 주인에게 복종하겠다고 생각했는데. 이쯤 되니 그 생각이 틀린 것 같다. 아무래도 안 되겠다.

키에에엑!

꼬꼬의 눈에 아주 잠깐, 본능적인 살기가 스쳤다. 주인을 죽이겠다는 건 아니지만, 그래도 반항은 해야 하겠다 싶었다. 지능이 높아진 꼬꼬는 그렇게 잘못된 선택을 내렸다.

키엑!

몰라. 덤벼. 싸우자 주인아!

한주혁이 씨익 웃었다.

"오늘 참. 맞기 좋은 날씨지?"

한주혁은 꼬꼬의 능력이 어느 정도 강력해졌는지 몸소 체험해 보기로 했다. 어차피 꼬꼬를 죽일 생각은 없다. 꼬꼬에게 맞아도 안 아프다. 적당히 놀아주기로 했다.

'스승의 의지가 깃든 꼬롱새랑 비슷한 수준인가?'

그 꼬롱새보다는 약한 것 같기도 하고.

'아. 쟤는 살려줘야겠다.'

한주혁은 BJ 핵초리를 살리겠다는 의지를 품었다. 그 의지는 곧 실체가 되어 핵초리를 지켰다.

-헉……! 헉……! 강풍이 일고 있습니다. 형님들. 저 진짜 날아갈 뻔했습니다.

날아갈 뻔한 게 아니라 충격파 때문에 죽었을 거다. BJ 핵초리는 그 사실을 몰랐다. 한주혁이 자신을 지켜주고 있다는 사실조차도 모르고 있다.

-꼬꼬와 절대악의 전투가 오성 장군과 절대악의 전투보다 더욱 팽팽한 것 같습니다!

핵초리는 뭐가 됐든 멋있는 영상만 담으면 된다. 결국 그는 시청자 수가 많아야 돈을 버는 입장이고, 그러려면 뭐가 됐든 화려하고 눈길이 가는 영상이 좋다.

-장난 아닙니다! 들리십니까? 무슨 대포가 터지는 거 같습니다!

꼬꼬의 부리와 절대악의 주먹이 부딪칠 때마다 땅이 울리고 충격파가 터져 나왔다. 거짓말 조금 보태서 하늘이 흔들리는 것 같았다.

-헐. 꼬꼬가 저렇게 강했음?

-꼬꼬 개 센데?

-절대악의 주먹을 버텨내는 생명체가 있다는 사실이 놀랍다.

3충성은 맥주를 한 캔 마시면서 여유롭게 상황을 즐겼다.

"어리석은 중생들아."

그의 얼굴은 이미 붉게 달아올라 있었다. 얼큰한 취기가 올라왔다. 취한 그는 손가락을 움직이지는 않았다. 아무도 없는 어두운 방. 컴퓨터 화면 앞에서 그는 의자에 축 늘어진 채 혼자서 중얼거리기만 했다.

"저건 절대악느님께서 그냥 봐주시는 거지."

크. 맥주는 시원해야 제맛이지.

"이리 보고 저리 보고 위로 보고 아래로 봐도. 형님께서 엄청나게 살살 해주시고 있는 건데. 쯔쯔쯧."

지적 허영심이 차올랐다.

저 어리석은 중생들과 대중들은 절대악과 꼬꼬가 비슷한 줄로만 안다. 하지만 3층성이 보기에는 전혀 아니었다. 지금 절대악은 꼬꼬를 길들이고 있는 중이다. 저렇게 꼬꼬와 절대악의 사이는 더욱더 돈독해질 거다. 술에 취한 3층성은 그렇게 생각했다.

그렇게 생각하니 괜히 부러워졌다.

"나도 돈독해지고 싶다."

처음으로. 펫 1호가 되고 싶다는 생각을 의식적으로 하게 됐다. 그러던 차. 그는 화면에서 무엇인가를 봤다.

'응?'

앞으로 돌려봤다. 저 멀리. 먼지 구덩이 사이에서 무엇인가가 보였다. 분홍색 기운이 뿜어져 나오고 있었다.

'뭐지?'

흙먼지가 너무 강해서 아주 잠깐 스쳐 지나가고 말았는데, 보이지 않았다.

핵초리도 그 상황을 인지한 것 같았다.

-이, 이건 도대체 무슨 상황이죠? 형님들? 저만 모르겠는 거 아니죠?

아주 흐릿하게 잡혔다. 특이하게도 분홍색 머리카락을 가진 미인이 말을 타고 달려오고 있었다. 그런데 한차례 흙 폭풍이 일자 사라졌다.

-NPC였던 것 같기는 합니다만…….

너무 순식간이라 제대로 본 사람이 없었다.

-NPC?

-분홍 머리도 있었음?

-뒤로 돌려보셈. 정확히 실시간 기준 50분 24초쯤에 있음. 아주 잠깐 나옴. 말을 타고 있음.

순식간에 사라진 여인. 그 여인의 실루엣만 잠깐 잡혔는데, 아주 아름다웠다. 실루엣밖에 보이지 않는데도 아름답다고 느꼈다.

-저 NPC 정체 아시는 분?

-그냥 오류 같은 걸로 잠깐 환상 같은 거 보인 거 아님?

한주혁은 피식 웃었다.

'귀찮게.'

지금은 꼬꼬를 길들이는 중이다. 꼬꼬의 능력치와 한계치도 알아보고. 펫의 한계를 제대로 알아야 부려먹어도 끝까지 부려먹을 수 있지 않겠는가. 그래서 시험 중인데, 오성(五星) 장군급이라 짐작되는 NPC 하나가 달려오고 있었다. 그 속도가 굉장히 빨랐다.

'오지 마.'

그래서 그냥 죽였다. 이쪽을 향해 맹렬한 살기를 품고 있길래 그냥 다가오기 전에 끝냈다. '진지한 죽음'을 떠올린 게 아니라서, 델리트까지 시킨 건 아니지만 어쨌든 지금 귀찮은 건 피하기로 했다.

아니나 다를까. 생각을 떠올리자마자 오성 장군 중 한 명이라 짐작되는, 말 타고 달려오던 여자는 사망했다. 검은 잿더미가 순식간에 사라진 것으로 보아 부활을 한 것 같다. 부활해 봤자 어차피 의미는 없겠지만.

저도 모르게 진심이 튀어나왔다.

"아니. 근데. 진짜 개약하네."

제 딴에는 오성 장군이라고 힘 주고 다닐지 모르겠지만, 그래도 역시 7급 장군이라는 그 한계를 벗어나지는 못하는 것 같다.

'7급은 너무 허접이라 감흥도 없고.'

턱! 하고 쳤더니 억! 하고 죽는 수준도 아니다. 턱! 하고 책상 치는 상상만 했는데 억! 하고 죽는 꼴 아닌가.

그사이 귓말도 들려왔다. 에르페스의 젊은 영웅. 칸트였다.

-주군. 10만의 인질이 잡혀 있는 필드를 곧 찾아낼 수 있을 것 같습니다.

칸트와 블랙. 그리고 장로들로 구성된 구출대는 그 역할을 톡톡히 하고 있었다. 물론 여기에는 배신한 7급 장군이자 친인파에 속하는 초운의 공도 컸다.

-찾아내는 즉시 워프 마스터를 디덴성으로 파견해. 나도 바로 이동하겠다.

-알겠습니다.

모든 것이 순리대로 잘 풀려가고 있다. 한주혁이 이쪽에서 주목을 끌고, 다른 한편으로는 장로들과 칸트가 인질들을 찾아낸다. 이쪽에는 워프 마스터가 있으니, 찾아내기만 하면 한주혁도 그쪽으로 이동한다.

한쪽에서 일을 잘해주고 있다. 이쪽도 마무리를 좀 해보기로 했다.

"꼬꼬야."

키엑!

꼬꼬는 싸우면 싸울수록 자신의 선택이 잘못되었음을 직감했다. 한 대 맞을 거 열 대 맞게 생겼다.

키에에엑!

꼬꼬는 많이 똑똑해졌다. 그래서 상황을 빠르게 판단했다. 우스꽝스럽게 배를 뒤집어 까고서 허공에 대고 날개와 다리를 바둥거렸다.

"교육은 마저 해야지."

어설프게 밟으면 밟느니만 못하다. 한번 각인시킬 때, 완벽하게 각인시키는 게 좋다.

"네 한계는 이제 대충 알았으니까."

뼛속까지 부려먹기로 했다. 한번 대들었으니, 천 번쯤 부려먹으면 되는 것 아니겠는가.

"죽기 전까지만 좀 맞자."

그렇게 꼬꼬는 뜨거운 교육의 시간을 맞이했고 그 교육에 꼬꼬는 다짐했다. 높아진 지능으로 맹세하고 또 맹세했다.

절대. 다시는. 주인에게. 대들지. 않으리라. 내 공격은. 3층 성급이다. 다시 또 대들면 나는 펫 1호도 아니다.

약한 주제에 맨날 자기가 펫 1호라고 주장하는 루펜달. 그 자식이 실실 웃는 모습을 떠올렸다. 기분이 나빠졌다. 주인한테 절대 대들지 않고, 그냥 펫 1호에 만족하기로 했다. 까딱 잘못하면 펫 1호도 못할 것 같다.

필사적으로 외쳤다.

키에엑!

주인님. 사랑합니다!

한편, 사망했던 헤인은 이를 갈았다.

"비겁한 새끼가……."

하마터면 배 속의 아이에게 큰 충격이 갈 뻔했다.

"펫과 싸우는 척하면서……. 몰래 나를 공격해?"

대장전의 기본도 되어 있지 않은 놈이다. 비겁하고 치졸하기 짝이 없다.

헤인은 배를 쓰다듬었다.

"괜찮아. 아가야. 엄마는 아무렇지도 않단다. 비겁한 술수에 당했을 뿐이야."

자신의 활. 카닉서스도 다독였다.

"대장전을 알리고서 시작하려고 했는데. 안 되겠네. 카닉서스. 놈이 먼저 비겁하게 나왔어. 우리는 놈이 알아차리지도 못할 원거리에서, 놈의 심장을 먹어치울 거야."

정말로 화가 났다. 어떻게 사내가 이렇게 비겁한 공격을 할 수 있단 말인가. 다행히 부활 장소는 디텐성과 그리 멀지 않은 곳이었다. 숲 형태의 필드. 네오마르 어딘가에 위치한 '묘비'가 그녀의 부활 장소였다.

하늘을 쳐다봤다.

"이곳에서 놈의 심장을 노린다. 카닉서스. 할 수 있지?"

그녀의 활. 초월급 마법병기 카닉서스가 분홍빛을 뿜어냈다. 할 수 있다고 말하는 것 같았다.

그녀가 활시위를 당겼다. 그녀의 눈이 시뻘겋게 물들었다. 카닉서스의 분홍빛과 비슷한 분홍빛 기운이 헤인의 몸에서 폭사되었다.

주변 필드 전체가 분홍색으로 물들었다. 분홍색 필드. 그녀는 이 필드를 '분홍빛 사신의 필드'라고 부른다.

"카닉서스. 먹어치워."

거대한 분홍색 빛기둥이 하늘로 쏘아졌다. 초월급 마법병기가 인류에게 처음 공개되었다.

11장
네오마르의 상서로운 묘비

초월급 마법병기. 카닉서스.

플레이어의 생명을 먹어치워 강력한 힘을 발휘하는 헤인의 병기 카닉서스로부터 분홍빛 기둥이 하늘을 향해 쏘아졌고, 그것은 이내 한주혁과 꼬꼬가 있는 디덴성의 하늘에 영향을 끼쳤다.

한주혁이 하늘을 쳐다봤다.

'저게 뭐지?'

하늘에서는 커다란 물줄기 같은 것이 떨어져 내리고 있었다. 하늘 위에서 수도꼭지를 틀어놓은 것만 같았는데, 특이하게도 그것은 분홍색이었다.

'분홍색?'

저 기운. 아까도 느꼈었다. 귀찮아서 대충 죽였었는데 근처에서 부활한 모양이다.

'꽤 세네?'

한주혁은 여유로웠다. 세기는 센데. 음. 1급 마법병기랑 비슷한 것 같다. 대충 '등급'으로 생각해 보자면 신급보다는 확실히 약하고, 레전드급의 공격 정도라고 생각하면 될 것 같다.

높아진 지능의 꼬꼬도 하늘에서 무엇인가 떨어져 내리고 있다는 것을 직감했다.

키엑!

꼬꼬는 본능적으로 자신의 기회가 왔음을 직감했다.

키에에엑!

꼬꼬가 날개를 펼쳤다. 순식간에 하늘로 튀어 올랐다. 마치 몸이 용수철로 이루어진 것 같았다.

BJ 핵초리는 그 광경을 순간 놓쳤다. 꼬꼬의 움직임이 너무 빨랐다.

키엑!

꼬꼬는 생각했다. 이건 내 충성심을 증명할 수 있는 기회!

BJ 핵초리가 그 모습을 영상에 담았다.

-하늘이 갈라지고 구름이 증발했습니다. 그 사이로 분홍빛 거대한 폭포수 같은 것이 떨어져 내리고 있습니다!

핵초리는 저것이 카닉서스라는 사실을 전혀 몰랐지만, 어쨌든 범상치 않다는 것은 느낄 수 있었다. 저 분홍빛을 보고 있으면 온몸이 마비되는 것 같았다. 아득한 기분이었다.

-제대로 쳐다볼 수조차 없습니다. 오묘하고 특별한 기운을 담고 있는 것 같습니다. 저건 무엇일까요? 누군가로부터의 공격일까요?

그러고 보니.

-아까 말을 타고 모습을 드러냈었던 여자 NPC와 관련이 있는 건 아닐까요?

수많은 추측들이 난무했다. 그러나 그 누구도 저것이 플레이어를 잡아먹고서 힘을 발생시키는 '카닉서스의 힘'이라는 사실은 알아차리지 못했다. 그것은 꼬꼬도 마찬가지였다.

꼬꼬가 입을 벌렸다.

키엑!

먹! 는! 다!

부리를 활짝 벌리는 그 모습이, BJ 핵초리와 시청자들에게는 꽤나 위험하기도 하고 또 신비롭기도 했다. 하늘을 가르며 떨어져 내리는 분홍빛 줄기를 향해 입을 벌리고 수직으로 상승하는 검은 독수리. 그 모습은 가히 상서롭기까지 했다.

-이 광경을 무엇이라 표현해야 할까요? 저는 황홀하다고 표현하겠습니다! 어, 어어? 지금 꼬꼬의 부리 속으로 저게 빨려 들어갑니다!

신기하게도 굉장히 두터웠던 분홍빛 줄기는 꼬꼬의 부리 속으로 빨려 들어갔다. 순식간에, 아주 빠르게 빨려 들어갔다.

한주혁에게 알림이 들려왔다.

-각인된 능력. '강력한 식탐'이 작용합니다.

-제왕 카리아는 신급 이하의 모든 공격에 완벽한 내성을 가지고 있습니다.

신급 이하의 모든 공격에 완벽한 내성을 갖는다. 그러한 내성을 가진 놈이 '강력한 식탐'을 갖고 있다. 무슨 공격인지 정확하게는 모르겠으나 하여튼 꼬꼬는 그것을 먹어치우고 있었다.

'저걸 먹어?'

단순히 먹는 게 아니었다. 역시 꼬꼬는 여러모로 쓸모가 많은 펫이다.

-각인된 능력. '강력한 식탐'이 '강력하고 유익한 식탐'으로 변경되어 적용됩니다.

-완성형 몬스터의 설정값에 의하여 스킬명은 부여되지 않습니다.

-'강력하고 유익한 식탐'으로 획득한 정보는 주인인 '아서'와 공유합니다.

한주혁은 순간 인상을 찡그렸다. 그리고 저도 모르게 욕을 내뱉었다.

"뭐야, 시발?"

머릿속에 그림이 그려졌다. 숲속. 오두막. 지하실. 복도. 비명. 피. 임산부.

'이건…….'

저 분홍빛 공격이 가지고 있는 모든 요소를, 꼬꼬가 먹어치워 소화시켰다. 소화하면서 공격의 요소들을 분해한 것 같다.

'초월급 마법병기 카닉서스.'

한주혁은 꼬꼬 덕분에 모든 정보를 머릿속에 저장할 수 있었다. 저절로 보였다.

'이 분홍색 공격은 카닉서스. 그리고 오성 장군 헤인의 능력.'

꼬꼬가 땅에 내려앉았다.

꺼억-!

거하게 트림했다. 어찌나 크게 트림했는지 땅이 울릴 정도였다. 날개로 배를 슥슥- 문질렀는데, 간만에 포식한 것 같았다.

한주혁이 말했다.

"꼬꼬. 엎드려."

말 잘 듣는 펫이 되겠다 결심하고 또 결심한 꼬꼬는 순식간에 바닥에 엎드렸다.

"너랑 나랑 연결되어 있는 거 맞지?"

꼬꼬가 고개를 끄덕였다.

"네가 얻은 정보. 내가 알고 있는 정보. 일치하지?"

원래의 꼬꼬였다면 이 정도의 복잡한 말은 이해하지 못한다. 하지만 이제는 다르다. 완성형 몬스터. 레벨값이 MAX에

이르는 펫이 됐다. 꼬꼬는 주인인 한주혁의 말을 완벽하게 이해했다.

"좋아. 이해했으면 됐어. 묘비로 날아간다."

꼬꼬가 날갯짓을 하기 시작했다. 꼬꼬도 안다. 방금 이 분홍빛이 어디서 날아왔는지. 무엇으로부터 유래되었는지. 한주혁이 느끼는 것만큼의 복잡한 기분은 아니지만, 하여튼 한주혁이 알고 있는 것은 꼬꼬도 알고 있다.

꼬꼬가 날았다. 다시 한번 다짐했다.

키엑!

말 잘 들어서 펫 1호가 되고 말리라!

7급 장군 NPC. 그 안에서도 무려 오성(五星) 중 한 명이라 불리는 헤인은 이해할 수 없었다.

"카닉서스. 왜 그래?"

카닉서스의 몸체에서 분홍빛이 뿜어져 나왔다.

"너도 모르겠다고? 네 힘이 갑자기 사라졌다고?"

무엇인가가 잘못된 것 같다. 절대악이라는 건방진 놈을 향해 쏘아진 것은 맞는데, 이상하게 중간에 그 힘이 소멸해 버렸다.

"절대악의 힘은 분명 아니었지?"

육안으로 확인할 수 없는 거리여서 정확하게는 알 수 없었다.

"플레이어의 힘은 분명히 아니었어."

꼬꼬가 먹어치웠다고는 아예 생각조차 하지 못했다. 그런 개념 자체가 없었다. 어떻게 플레이어가 데리고 다니는 펫이 초월급 마법병기 카닉서스의 공격을 먹어치울 수 있다고 생각하겠는가.

그제야 헤인은 알 것 같았다.

"아."

그러고 보니 7급 장군 중 가장 미친한 놈. 지금은 자신들을 배신한 '초운'이 그쪽에 있다.

"초운 그놈……!"

강력한 방어 마법이나 결계를 미리 설정해 놓은 것 같다. 헤인 자신이 원거리 공격에 능하다는 사실을 알고서 미리 준비했겠지.

"초운 그 덜떨어진 버러지가 미리 준비했다면 지나친 원거리는 도움이 안 되겠지."

일단 오두막으로 향했다. 보다 완벽한 전투를 위해서 플레이어 놈들의 목숨을 조금 더 취하기로 했다. 한 100명 정도만 더 죽이면 될 것 같다. 그런데 그때. 무엇인가가 빠르게 날아오는 것이 느껴졌다.

"카닉서스!"

헤인이 순식간에 활시위를 당겼다. 과연 7급 장군다운 몸놀림이었다. 그녀의 움직임은 빨랐고 간결했다. 순식간에 몸을 띄웠다. 그 상태 그대로 회전했다. 공중에 뜬 상태. 등이 땅을 향했다. 하늘을 바라봤다. 그녀의 팔이 정확하게 7번 움직였고 7개의 화살이 하늘을 향해 쏘아졌다.

'이 샷은 절대 피할 수 없어.'

헤인은 이 샷을 '레인보우 샷'이라고 명명했다.

빨강. 주황. 노랑. 초록. 파랑. 남색. 보라. 7개의 빛을 가진 빛살이 각각 다른 궤적을 그리며 꼬꼬를 향해 날아들었다.

7개의 화살. 그것도 초월급 마법병기 카닉서스가 뿜어낸 화살이다. 완전히 다른 궤적으로. 전혀 다른 타이밍에. 피할 공간을 모두 점거하고서 뿜어지는 빛의 화살이다.

헤인이 땅에 가볍게 착지했다. 그 어떤 소리도 나지 않았다. 깃털처럼 가벼운 움직임이었다.

하늘을 쳐다보며 여유롭게 웃었다.

"가소롭구나."

그럼 그렇지.

"하늘에서 기습하면 뭐라도 할 수 있을 줄 알았더냐?"

하여튼 기습밖에 못 하는 놈인 것 같다. 카닉서스도 그 말이 맞다는 듯 요사한 분홍빛을 뿜어냈다.

첫 번째 화살. 붉은 화살이 꼬꼬의 눈동자를 향해 날아들었다. 꼬꼬의 등 위에 타 있던 한주혁이 뛰어내렸다.

왼손으로 붉은 화살을 잡았다.

치이이익-!

한주혁의 손에 잡힌 그 화살이 맹렬하게 회전하며 불꽃을 피워 올렸다. 매캐한 연기가 뿜어져 나왔다. 화살에서 강렬한 불꽃이 생성되어 한주혁의 몸을 덮었다.

불타고 있는 한주혁을 향해 주황색 화살이 날아들었다. 둥그런 궤적을 그렸다. 한주혁의 뒤통수를 향해 달려들었다.

한주혁은 그것을 피하지 않았다.

"너 혹시."

주황색 화살이 한주혁의 뒤통수에 닿았다. 그것은 팍! 소리를 내며 한주혁의 몸속으로 흡수되었다.

"반사라고 아냐?"

"실컷 지껄여 보거라."

저놈 몸속에 흡수된 두 번째 화살은 몸속의 장기를 모조리 녹일 거다. 지금은 그럭저럭 버티고 있는 모양이지만 카닉서스가 일궈낸 불꽃이 놈의 피부를 눌어붙게 만들 거다. 첫 번째 화살이 놈의 몸에 닿은 그 시점에서 이미 전투는 끝났다.

"반사 중 반사는."

역시 반사 중에 가장 강력한 반사는.

"무지개 반사지."

한주혁이 오른손에 들고 있던 붉은색 화살을 헤인을 향해 냅다 집어 던졌다. 날아왔던 속도보다 훨씬 빠른 속도로 헤인을 향해 쏘아졌다. 초월급 마법병기인 카닉서스가 쏘아낸 화살보다 훨씬 빨랐다.

화살이 잔상을 남긴 곳에는 뜨거운 열기가 남아 있었다. 마치 공기가 타들어 가고 있는 것 같았다.

하늘에 뜬 상태로 활강하던 꼬꼬가 눈을 크게 떴다.

키엑.

역시 안 개기길 잘한 것 같다.

처음에 저 화살이 날아올 때는 좀 만만해 보였다. 맞아도 별로 안 아플 것 같았다. 그런데 주인이 집어 던진 저 화살은?

저도 모르게 깃털이 쭈뼛쭈뼛 섰다. 모골이 송연해지는 것이 진짜로 개겼다가는 이미 자신은 죽어 있을 거다.

한주혁의 발이 땅에 닿았다.

"엥?"

한주혁은 황당하다는 듯 검은 잿더미를 쳐다봤다.

"뭐야?"

7급 장군은 7급 장군인데.

"왜 벌써 죽어?"

아직 무지개 반사는 시작도 안 했는데.

"아놔."

빨리 죽어서 손해 볼 것은 없지만 그런데 이건 너무하지 않은가. 이 정도면 7급 장군이라고 볼 수도 없다.

"템빨이었나 보네."

카닉서스인지 뭔지. 분홍빛 요사한 기운을 뿜어내고 있는 이 초월급 마법병기 덕택에 7급 장군의 자리까지 올라간 것 같다. 이 실력으로는 도저히 7급 장군이 될 수 없다.

"초운이 억울한 것도 이해는 되겠어."

한주혁이 판단하기로는, 7급 장군들 중 초운이 가장 강한 것 같다. 그런데 출신이 천하다는 이유로 가장 무시받아 왔다. 배신할 만한 것 같다.

-오성(五星) 장군 혜인을 사살하였습니다.

-오성(五星) 장군 혜인을 사살한 대가로 초월급 마법병기 '카닉서스'의 소유권을 인정받을 수 있습니다.

-초월급 마법병기가 주인을 변경하기 원합니다.

한주혁의 가슴팍에서 주황색 화살이 처음 그 모양 그대로 쑤욱- 뽑혀 나왔다.

"잡템 주제에."

뭐 그리 대단하다고. 초월급 마법병기. 이름만 거창했지. 실상은 1급 마법병기보다 못한 것 같다.

-초월급 마법병기가 주인을 선택하길 원합니다.

한주혁은 뽑아낸 주황색 화살을 카닉서스를 향해 가볍게 던졌다.

"잡템 안 받는다."

카닉서스가 재가 되어 사라졌다.

'인간들을 잡아먹고 성장하는 병기라.'

한주혁은 이제 7급 장군들을 거의 엑스트라로 취급하고 있다. 7급 위에 6급이 있고, 6급 위에 5급이 있다. 그 위에 또 1급도 있을 거다.

"이런 핫바리한테 진짜 초월급 아이템을 줬을 리는 없지."

단서는 얻었다. 겨우 7급에게 이 정도 아이템. 그러니까 1급 마법병기에 준하는 아이템이 있다. 그럼 1급 장군쯤 되는 초고위 NPC에게는 더욱 강력한 마법병기가 있을 확률이 높다. 이를테면 뉴클리안 같은.

"혹시 모르니까."

한주혁이 손가락으로 한 곳을 가리켰다. 그 손끝에는 묘비가 존재했다.

콰과광!

폭발음과 함께 묘비가 완전히 사라졌다. 구멍이 깊게 패였다. 손가락 한 번으로, 부활 스팟 하나를 통째로 날려 버렸다.

그와 동시에 생각지 못했던 알림이 들려왔다.

-'네오마르의 상서로운 묘비'를 파괴하였습니다.

-'네오마르'의 의지가 슬퍼합니다.

-'네오마르의 상서로운 묘비'가 불타기 시작합니다.

-번제의 의식이 시작되었습니다.

잿더미였던 혜인의 시체가 원래대로 돌아오기 시작했다. 그녀는 마치 잠을 자고 있는 것 같았다. 평온한 얼굴이었다.

'죽은 건 맞는데.'

화르륵!

묘비에서 불꽃이 일었다.

혜인의 시체가 저절로 떴다. 누군가 천천히 옮기듯, 혜인의 시체는 불길 속으로 들어갔다.

-번제가 시작됩니다.

혜인의 시체는 불타지 않았다. 겉에서 보면 마치 공중에 뜬 상태 그대로, 편안히 잠을 자고 있는 것 같았다.

한주혁은 가만히 지켜보기만 했다.

'저게 저러는 이유가 있겠지.'

이유 없이 저러지는 않을 거다. 마음 같아서는 이 필드 전체를 소멸시켜 버리고 싶었지만 굳이 그러지는 않았다. 혜인은 그래 봐야 겨우 7급 장군이다. 얼마나 더 강할지는 모르겠다만, 어쨌든 이보다는 훨씬 강한 적들이 뒤에 버티고 있다. 뭐가 됐든 단서가 있으면 좋다.

'자세히 보니.'

혜인의 시체가 조금씩 가라앉고 있었다. 그리고 이내 묘비

속으로 모습을 감추었다. 묘비가 헤인의 시체를 흡수한 것만 같은 모양새였다.

'그 외에 특별한 점은 없는 것 같은데.'

별다른 변화는 없었다. 그저 묘비가 계속해서 불타고 있을 뿐.

한주혁은 주변을 둘러봤다.

"꼬꼬. 뭐 이상한 거 느껴지지 않냐?"

키엑?

꼬꼬가 고개를 갸웃했다. 꼬꼬가 이해하기에는 너무 추상적이었다.

한주혁이 다시 말했다.

"묘하게 플레이어들의 기운이 느껴지는 것 같은 기분이 든단 말이야."

꼬꼬는 눈치껏 한주혁의 말을 알아들었다. 주인이 뭔가 이상함을 느꼈으니 자신은 발로, 아니, 날개로 움직여야 하지 않겠는가. 일단 까라면 까고 봐야 했다. 성의는 보여야 했다. 지능이 높아진 꼬꼬는 그것을 직감적으로 깨달았다.

키엑!

꼬꼬가 날개를 활짝 폈다. 천천히 날갯짓을 시작했다.

후웅-! 후웅-!

커다란 날갯짓 소리와 함께 거센 바람이 일었다. 꼬꼬의 눈이 황금색으로 물들었다.

한주혁은 꼬꼬를 가만히 쳐다보기만 했다.

'기특한 놈.'

과거에는 본능적으로 히든 피스를 찾아내던 놈이었는데, 그 능력이 진화해서 이제는 본능적이 아니라 의도적으로 히든 피스를 찾을 수 있는 것 같다.

한주혁이 말했다.

"좋은 거. 잘 찾아내면 오늘 네가 나한테 대든 건 잊어줄게."

그러면서 한주혁은 주변을 기감으로 훑었다. 심안 위의 심안. 스킬이 아닌 본신의 능력으로.

'이상하네.'

뭔가가 있기는 있는 것 같은데 구체적으로 잡히지 않는다. 흐릿한 무엇인가를 눈에 힘주고 보는 느낌이다. 무엇인지 정확하게 보이지는 않지만, 무엇인가가 있기는 있는 것 같은 기분. 안개 너머에 무엇인가가 있는 것 같은 기분. 절대자가 된 이후, 이런 느낌은 처음이다.

'평범한 필드가 아니네.'

최소 신급 이상의 어떠한 설정이 걸려 있는 필드인 것 같다. 7급 장군이자 오성 장군인 헤인이 부활 스팟으로 삼았던 곳.

'그래 봤자지, 뭐.'

히든 피스를 찾는 펫이 있지 않은가.

아니나 다를까. 꼬꼬가 무엇인가를 발견한 듯했다. 한주혁에게 다가와 날개로 하늘을 가리키며 울어댔다.

키엑! 키엑! 키엑!

한주혁이 말했다.

"하늘에 뭔가 있어?"

꼬꼬가 고개를 끄덕였다. 그와 동시에 또다시 하늘로 날아올랐다. 지면을 차고서 수직으로 날아오른 꼬꼬의 속도는 굉장히 빨랐다.

얼마나 치솟았을까. 난데없이 쿵! 소리가 들려왔다. 하늘 위에 어떠한 장막 같은 것이 펼쳐져 있는 것 같았다.

"아."

하늘이 있기는 있는데.

"막이 있는 하늘?"

하늘이 필드의 끝이 아니었다.

에르페스 황궁. 가장 은밀한 곳인 '그곳'에서 대책 회의가 열렸다.

"절대악 놈이 기어이 7급 장군들을 죽이고 있습니다."

"이스탁이 죽었고 초운이 배신했습니다."

그것뿐만이 아니었다.

"카닉서스의 사용이 감지되었습니다."

그렇다는 말은 7급 장군 헤인이 결국 초월급 마법병기 카닉서스를 사용해서 절대악과 싸우고 있다는 얘기가 된다.

"카닉서스로 절대악을 잡을 수 있을까요?"

누군가 단언했다.

"불가능합니다."

"어, 역시 그렇겠죠?"

얼마 후. 또 누군가가 말했다.

"카닉서스가 파괴되었습니다. 방금 들어온 소식이군요."

"카닉서스가 파괴되다니……."

"아무리 이름뿐인 초월급이라고는 하지만 이렇게 쉽게 부서질 줄이야."

진짜 '초월급'이라고 표현하기에는 무리가 있는 등급의 초월급 마법병기지만, 어쨌든 강력한 건 맞다. 플레이어의 생명을 빨아들여 큰 힘을 발휘하는 마법 병기. 그 생명력만큼의 힘을 내는 것은 맞으니까.

"어쨌든 카닉서스가 파괴되었다는 건 헤인도 죽었다는 것이겠죠."

"네오마르의 묘비 앞에서 죽었을 것입니다."

그 말이 맞았다.

"네오마르는 크게 세 개의 필드로 구성되어 있습니다."

헤인에게는 미안한 말이지만, 이 상황은 이미 이들의 머릿속에 있던 그림이었다. 헤인은 어차피 죽을 '말'이었다. 네오마르의 묘비 앞에서 전사할 예정이었다.

"묘비. 숲. 오두막."

묘비는 특별한 상황에서 '번제'를 시작한다. '번제'는 초월급 마법병기인 카닉서스를 지닌 주인이 네오마르의 묘비 앞에서 사망하는 경우에 시작된다.

"번제가 끝이 나면. 필드는 영원히 시공의 차원 속에 갇히게 될 것입니다."

제아무리 절대자라 할지라도. 그 안에서 빠져나오지는 못할 것이다.

"절대악, 아니, 절대자라면 그것을 눈치채고 나올 수 있을 것 같은데요."

"그래서 헤인을 배치했죠."

대외적으로는 무력 7급 장군에 해당하는 최상위급 NPC였지만 이곳에서는 그저 '배치받는' 장기 패에 불과한 듯했다. 여기에 모인 모두가 그것을 이상하게 생각하지 않았다.

"헤인은 그곳에 플레이어들을 가두었습니다."

정확한 숫자는 파악하지 못했지만.

"적어도 1천 명 이상의 플레이어 노예들을 실종 상태로 가두어놨겠지요."

1천 명 이상의 플레이어. 그들이 네오마르 필드에 존재한다.

"네오마르 필드는 특수한 필드이며, 절대자라 해도 한 번에 모든 것을 완벽하게 꿰뚫을 수 없는 필드입니다."

절대자도 분명 번제가 일어나는 것을 확인했을 거다. 그리고 결국 오두막도 찾을 수 있을 거다. 오두막과 연결된 필드에 플레이어가 갇혀 있다는 사실도 파악하겠지. 그 모든 것들을 파악할 능력이 있는 놈이니까.

"오두막을 찾는 것도 쉽지 않을 것입니다. 묘비의 불길이 일정 시간 이상 타올라야만 길이 열릴 테니."

일차적으로 거기서 많은 시간을 허비하게 될 것이다. 묘비의 불길이 최소 15분 이상 타야만이 오두막으로 가는 길이 열린다.

그것뿐만이 아니다.

"오두막 문을 열고 들어가는 것에서도 많은 시간을 소비할 것입니다. 적어도 15분."

오두막은 '특별한 자물쇠'로 잠겨 있다. 특별한 조건을 만족시켜야만 열 수 있는 자물쇠. 아무리 절대자라고 해도 그것을 해제하는 데에는 최소 15분 이상의 시간이 소요될 거다.

"그리고 그동안 플레이어의 절반가량은 사망할 겁니다."

그사이 절대자는 이 '번제'가 그다지 좋지 못하다는 것을 직감할 것이다.

"번제 때문에 플레이어가 죽는 거라고 생각하겠군요."

"그렇습니다."

만약 그렇게 되어 '번제'가 이루어지고 있는 묘비를 완전히 파괴해 버린다면, 그 즉시 네오마르 필드는 시공간의 균열 속에 빠져들게 된다. 그렇게 설정되어 있는 필드다.

"혹여 번제와 플레이어가 상관없다 생각할지라도."

누군가가 흐흐 웃었다.

"어쨌든 절대자는 눈앞의 플레이어들을 구하기는 구하겠지요."

그 숫자가 무려 천에 달한다.

"그리고 그 숫자의 플레이어들을 구해내면."

"번제는 이미 끝나 있겠군요."

"맞습니다."

번제는 이미 끝나 있을 거다.

번제가 끝나면 헤인의 시체와 함께 그 공간의 모두는 영원한 실종에 빠지게 된다. NPC도, 플레이어도, 절대자도. 그 누구도 구할 수 없는 영원한 실종.

누군가가 재미있다는 듯 웃었다.

"절대자를 잡으려면 이중, 삼중으로 덫을 놓아야겠지요."

"절대자가 그곳을 빠져나오려면 어떻게 해야 하죠?"

"모두 아시다시피, 번제는 플레이어의 생명을 빨아들여 진행됩니다."

그러니까 번제에 쓰일 플레이어들이 사라지면 번제가 취소된다. 플레이어를 구하면 취소가 되기는 된다는 소리다.

"플레이어들을 모두 구해내면야 살아 돌아올 수 있겠죠. 하지만 시간적으로 불가능하겠지요. 완전히 불가능합니다. 입구를 찾는 데에만 15분. 입구에서 또다시 15분. 최소의 최소로 잡아도 30분의 시간이 필요한데, 번제는 20분이면 끝나니까."

말을 하는 복면인이 흐흐흐- 하고 웃었다. 목소리만 들어서는 여유가 넘치는 목소리였다. 하지만 손끝이 미세하게 떨리고 있었다.

이곳에 모인 모두가 알고 있다. 복면으로 얼굴을 가리고는 있지만, 저 남자가 곧 대공 태르민이라는 사실을.

"놈은 영원히 빠져나오지 못할 것입니다."

그리고 태르민은 지금 그 어느 때보다 분노하고 있다는 사실을.

개중 누군가는 또 이렇게 생각했다.

'태르민이 감정을 드러내고 있어.'

여태껏 한 번도 저런 적이 없다. 그만큼 절대자라는 상대가 강력하다는 것인가.

'손끝이 저렇게 떨리고 있다는 건…….'

분노해서 그런 게 맞기는 맞다. 그런데 그는 조금 다르게 해석했다.

'어쩌면…….'

그럴 리 없다. 모르골과 에르페스를 지배해 온, 진정한 황제가 바로 태르민이다.

'그럴 리 없는데.'

절대. 결코, 그럴 리 없다고 생각은 하지만 묘하게 자꾸 이런 생각이 들었다.

'두려워…… 하고 있는 건가?'

어쩌면 '대공'이 '절대자'를 두려워하고 있는 게 아닐까. 그런 생각이 잠깐 들었다.

그때. 머릿속에 음성이 강제적으로 입력되었다.

-쓸데없는 생각을 하는구나.

그와 동시에 남자의 귓구멍과 눈에서 피가 줄줄 흘러나오기 시작했다.

-나는 그 무엇도 두려워하지 않는다. 어리석은 자여. 겨우 절대악 따위를 내가 두려워할 것 같으냐? 그따위 천민을?

털썩.

복면인 한 명이 쓰러졌다. 그리고 그 복면인이 태르민이라 짐작했던 남자가 자리에서 일어섰다.

"절대악의 비겁한 술수에 당한 것 같군요."

그는 주먹을 불끈 쥐었다.

"우리는 그 비열한 절대악을 결코 용서하지 않을 것입니다. 천민 출신 주제에. 우리의 원대한 프로젝트를 방해하고 있는 그놈. 그리고 그놈의 가족들."

그가 흐흐흐- 하고 웃었다. 상상만으로도 기분이 좋아진 듯했다.

"사지를 찢어 그놈들의 세상. 그래. 광화문 광장에 전시하도록 합시다. 플레이어들에게 진정한 공포가 무엇인지. 천박한 노예들 위에 누가 있는지. 똑똑히 알려줘야 할 것입니다."

같은 시각. 한주혁은 하늘을 바라봤다.

그는 꼬꼬가 알려준 단서를 놓치지 않았다.

"묘하게 거슬리네."

한주혁이 눈에 힘을 줬다.

하늘이 거슬린다?

"부수지 뭐."

쩌저적-!

하늘에 금이 가기 시작했다. 에르페스 황궁. 그곳의 NPC들이 상상하지 못했던 일들이 벌어지기 시작했다.

to be continued

막장 악역이 되다

크레도 퓨전 판타지 장편소설
WISHBOOKS FUSION FANTASY STORY

자고 일어나니 소설속. 그런데……

[이진우]

재벌 3세, 안하무인, 호색남, 이상 성욕자, 변태.
가장 찌질했던 악역. 양판소에나 등장할 법한 전형적인 악인.

"잠깐, 설마…… 아니겠지."

소설대로 가면 끔찍하게 죽는다.
주인공을 방해하면 세계는 멸망한다.

막장 악역이 되다

흙수저 이진우의 티타늄수저 악역 생활!